故事里的
国学经典
02

王封臣 — 编著

故事里的《诗经》

中国大百科全书出版社

图书在版编目（CIP）数据

故事里的《诗经》/ 王封臣编著. —北京：中国
大百科全书出版社，2023.4

ISBN 978-7-5202-0917-5

Ⅰ.①故⋯ Ⅱ.①王⋯ Ⅲ.①古体诗—诗集—中国—
春秋时代②《诗经》—通俗读物 Ⅳ.①I222.2

中国版本图书馆CIP数据核字（2021）第026726号

出 版 人 刘祚臣
策 划 刘 嘉
责任编辑 陈 光
责任印制 邹景峰
插 画 杨东佳
封面设计 今亮后声 HOPESOUND pankouyugu@163.com · 王秋萍
出版发行 中国大百科全书出版社
地 址 北京阜成门北大街 17 号
邮 编 100037
网 址 http://www.ecph.com.cn
印 刷 北京汇瑞嘉合文化发展有限公司
开 本 880 毫米 ×1230 毫米 1/32
字 数 146 千字
印 张 7.375
版 次 2023 年 4 月第 1 版
印 次 2023 年 4 月第 1 次印刷
定 价 58.00 元

本书如有印装质量问题，请与出版社联系调换 电话：010-88390677

目录

01

周公平叛

迨天之未阴雨，彻彼桑土，绸缪牖户。

　　周武王姬发在太公望（姜子牙）、周公、召（shào）公这些大臣的辅佐下，推翻了商朝，建立了西周。但是，武王在位没多长时间就去世了。大臣们只好拥立周武王十三岁的儿子姬诵为新任国君，这就是周成王。

　　武王英年早逝，成王年岁太小，没办法料理朝政，怎么办？只能把朝政交给周成王的叔叔，也就是周武王的兄弟——周公姬旦（周公旦），拜他为太师，让他去摄政，辅佐周成王。

　　周公旦一摄政，坏了，引起了很多宗室大臣的不满和猜疑——你周公是真的辅政，还是挟天子以令诸侯？你把这小孩控制在手掌当中，把他作为傀儡，你心里是不是想篡权夺位，想称帝，是不是？这些人在背地就造了很多中伤周公的谣言。一时间，整个国都谣言四起。

当初周武王灭商后分封诸侯，为了安抚商朝遗民，把商纣王的儿子武庚分封在朝（zhāo）歌，就是商王朝原来的国都。同时，将朝歌周边地区分为三块封区，分别由武王的弟弟，当然也就是周公旦的兄弟、周成王的叔叔，即管叔、蔡叔、霍叔去统治，以监视武庚，总称三监。

这武庚开始还很安分，但现在听到流言四起，觉得时机到了，何不趁此机会，推翻周朝，复兴我商朝？于是他就纠结一些旧臣，蠢蠢欲动，准备起兵叛乱。与此同时，周朝那些王室大臣也摩拳擦掌，比如这三监中，管叔有意和周公争权，就与蔡叔一起与武庚暗中勾结，不但派人四处散布谣言、诬蔑周公摄政是要废除成王篡权夺位，而且还招兵买马，聚草屯粮，待机而动。

要不我们古代社会有句话叫"国赖长君"呢？如果君主太年轻了，国家政局就容易不稳。这些惑乱人心的谣言，在管叔、蔡叔的有意宣扬下，沸沸扬扬，人尽皆知，一时之间甭管是朝廷还是百姓都议论纷纷。这谣言也传到了周成王耳朵眼里，小孩没什么分辨能力，害怕了，是不是我叔叔真的会对我下其毒手？他也开始怀疑起周公来。

这事周公能不知道吗？周公一听就知道，这是政敌对自己的攻击，是敌人的阴谋。但是自己没辙，没办法辩解，怎么办？在这个时候，他就想起另外一个重臣，就是召公。

召公，也作邵公，名字叫姬奭，当时官拜太保，是周武王临终前的一个托孤大臣，这人一向忠厚正直，也非常信任周公。

所以，周公决定找召公商议。

就这么着，周公亲自登门拜访召公，吐露心声，倾诉了自己的一片报国忠心：我希望能够得到您的支持，千万别相信流言。

其实，召公对这些流言也早有耳闻，半信半疑，既然今天周公上门，我干脆问个明白。"周公，外界所传流言到底怎么回事？"

"召公，这你还不明白吗？你我可都是武王最信任的兄弟。先王临终前托你我二人辅政，现在是武庚阴谋作乱，造谣惑众，使得天下人心浮动，国事危在旦夕。我之所以不避嫌疑，代幼主摄政，完全是出于一片忠心，是为了保全咱们周朝的王业。不管外面谣言如何中伤于我，都没办法动摇我的一片赤胆忠心！太保，我希望你我能够团结一致，只要咱们能够携手并肩作战，我想这种局势会很快稳定下来的，那些散布流言的坏人也会很快露出原形的！"

召公一看周公是一片挚诚，推心置腹，最后也表态了，说："太师，你放心吧，我坚决站在你这一边，我不信流言！"

"好！我太感谢你了！"

有了召公支持，周公很快就把朝中的政事整肃好了，然后把这些整肃好的政事全部托付给了召公——你来干。不是不放心我吗？你来干！我干吗？现在我已经把国政给安稳了，接下来我就要统兵带队，前去朝歌，平定武庚之乱！

正要出征，有派去的探子过来禀报。什么探子？周公也在派人调查，这流言到底怎么起来的，谁在背后给我造的谣。这么一调查，清楚了，探子禀报说："这流言大部分是管叔和蔡叔制造的。他们跟武庚勾打连环，无中生有，中伤于您！"

周公一听，真是痛彻心扉。怎么？这是自己的两个嫡亲的兄弟。你们怎么能够这么中伤我呢？你们这种谣言使得你们的侄子也怀疑我呀！周公的心情特别沉痛，就是在这种心情下，他这才写下了我们今天所看到的《鸱鸮》这篇诗歌。

这篇诗歌可以说是一首寓言诗。他把鸱鸮比作武庚这些作乱分子，把"我子"比作成王，把鸟窝比成了周朝，把自己比成了诗中那只哀叫号哭的母鸟。全诗通过在风雨当中劳碌而衰老的母鸟之口，沉痛自述，抒发了周公自己为国事忧心如焚的思想感情，也希望成王读了之后有所感悟。

周公的愿望果然没有落空，这首《鸱鸮》最后还真就传到了周成王手里。成王读完之后，了解了叔叔周公的一片苦心，也被周公尽忠王室的真挚感情给打动了。想想这么多年要不是叔叔帮助自己，这个国家能够达成今天的繁华吗？这个时候，召公也把自己和周公会见的情况禀报了周成王。

从此，君臣二人也就是叔侄二人隔阂尽除。周成王全力支持周公，让他集中精力去讨伐武庚、管叔、蔡叔这些叛乱势力。

于是，周公马上调集重兵，向叛军发动了猛烈的进攻。周朝将士在周公的指挥之下，同仇敌忾，很快就平定了武庚、管叔、蔡叔等叛乱势力。周公凯旋后，过了几年，成王长大成人，周公就还政于成王，自己的一片忠心也终于大白于天下。

【经典原文】

豳风·鸱鸮

鸱鸮①鸱鸮，既取我子，无毁我室②。

恩斯③勤斯，鬻④子之闵⑤斯。

迨⑥天之未阴雨，彻彼桑土⑦，绸缪⑧牖户⑨。

今女⑩下民⑪，或⑫敢侮予？

予手拮据⑬，予所捋荼⑭。

予所蓄租⑮，予口卒瘏⑯，

曰予未有室家⑰。

予羽谯谯⑱，予尾翛翛⑲，予室翘翘⑳。

风雨所漂摇，予维音哓哓㉑。

【字词注释】

① 鸱鸮（chī xiāo）：鸟名。猫头鹰类。毛奇龄（清初经学家、
　文学家）："一名怪鸱，昼常伏处，至夜每出攫他鸟子以
　为食。"

② 室：鸟窝。郑玄："室，犹巢也。"

③ 恩斯：爱。《鲁诗》"恩"作"殷"，尽心之意。斯，语气助词，
　兼有咏叹意。

④ 鬻（yù）：养育。

⑤ 闵：病。

⑥ 迨（dài）：及。

⑦ 彻：通"撤"，取。桑土：《韩诗》作"桑杜"，桑根。

⑧ 绸缪（chóu móu）：缠缚，捆扎。指鸟用喙爪做巢。

⑨ 牖（yǒu）：窗。户：门。

⑩ 女（rǔ）：同"汝"，你。

⑪ 下民：鸟巢下的人。

⑫ 或：有的人。不定代词。

⑬ 拮据（jié jū）：手病，此指鸟脚爪劳累。

⑭ 捋（luō）：成把地摘取。茶：茅草花、芦苇花等可用来筑巢
的植物。

⑮ 蓄：积蓄。租（jū）：通"苴"，白茅草。

⑯ 卒瘏（cuì tú）：患病。卒，通"悴"。瘏，疲劳致病。

⑰ 室家：指鸟窝。

⑱ 谯（qiáo）谯：羽毛疏落的样子。

⑲ 翛（xiāo）翛：羽毛枯敝的样子。唐宋旧本作"脩"，与
"修"通。

⑳ 翘（qiáo）翘：鸟巢危而不稳的样子。

㉑ 哓（xiāo）哓：叫声恐惧的样子。

猫头鹰呀，你这恶鸟！既抓走了我的孩子，就不要再毁我的窝巢。
我又辛苦啊，又勤劳，为了养孩儿我都累得病倒。

趁着还没阴天下雨，衔取那桑根之皮，把窗子门户修补牢，
而今你们这些树下人，有人还会把我欺凌骚扰。

我的双爪已疲劳，还要采摘那茅草，
又堆草来又聚草，损坏累病了我的喙角，
可还是没把巢筑好。

我的羽毛已稀少，我的尾巴也已枯焦，
我的窝巢儿高翘翘，雨又打来风又摇，
我只能惊恐地哀号！

02

甘棠遗爱

蔽芾甘棠，勿剪勿伐。

　　《甘棠》这首诗是纪念召公的。纪念的是哪个召公？说法不一，有的说，纪念的就是第一任召公；也有的说，纪念的是国人暴动时期的那个召公，就是召公虎。到底是哪个召公？咱还是交给史学家去考证。下面讲述的是关于第一任召公的故事。

　　这个召公姓姬名奭，因采邑于召（今陕西岐山西南），故称召公。商朝末年，他和周公旦一起辅佐周武王，出兵东征伐纣，推翻了商纣王的残暴统治，建立了西周王朝，成为西周王朝著名的开国功臣。武王灭纣后，把姬奭封于燕地，历史上就称他为"燕召公"，他就是燕国的始祖。姬奭派长子姬克管理燕国，自己仍留在镐京继续辅佐周王室。

　　周王朝刚建立不久，周武王就病死了。在临终之前，武王把自己年幼的儿子姬诵（未来的周成王）托付给周公旦和召公奭，要这两位贤臣继续辅佐自己的儿子，成就一代贤王。于是，召公奭就被任命为太保，相当于宰相。周公旦就被任命为太师，相当于一个国家的国防部长、三军总司令。这两人一文一武，共同辅佐成王，对稳定政局、巩固周朝的统治起了重要作用。

周公、召公为更好地管理天下，决定"分陕而治"。周公旦主要治理自陕地（今河南省三门峡市陕州区）以东的广大地域，周公的精力除了放在朝政上，还要稳定东部新拓展的领地。召公治理自陕以西的山川流域，负责开发黄河中游地区的农业生产，建立巩固的经济后方。

再往后，商纣王之子武庚在朝歌起兵作乱。为了保卫刚刚建立的西周政权，周公代替年幼的成王摄政，亲自到东方去调集军队讨伐武庚叛乱，把国家政务全都交给了召公。召公在后方就为周公做后援、做保障，把粮草、武器和其他的军需物资源源不断地运到前线。

正是在召公的全力支持和配合下，周公经过三年的艰苦战斗，最终平定了武庚的叛乱。西周王朝的统治得到了巩固和发展，天下没有再次变乱，老百姓也免受了刀兵之苦。所以，人民更加爱戴周公和召公了。

这时候，很多大臣看到召公居住的官室非常简陋。别看人家召公官拜太保，可居所一直没修缮、没扩建，与召公的身份地位很不相称。所以大臣们纷纷上书奏请成王恩准，为召公重建官室。这是大功臣啊，成王当然欣然同意，要下诏为召公建造新的宫室。

没想到召公知道消息后，马上朝见成王，说："陛下！万万不可，万万不可！臣实难从命。您给我扩建宫室、重建房屋，我不要！"

"为什么不要？这是你应该得到的？"

"天下太平不久，老百姓民力还没有恢复，我怎么忍心再动用民力烦扰百姓，去为我自己修建宫室呢？所以万万不可！"

但甭管召公怎么说，成王就是不准，坚持为召公修筑宫室。召公一看成王不肯收回成命，对不起陛下，那这样吧，您盖您的，我住我的。您不是修建宫室吗？我不住！你给我盖再好，我不住不行吗？于是召公干脆就在郊外野地里建造起几间房屋，能够遮风挡雨就行了，住在那里，听政理事，了解民情，根本不回原来的宫室去了，这下还更接地气，跟老百姓走得更近了。

就在召公听政的地方，长着一棵甘棠树。这棵甘棠树枝叶繁茂，非常惹人喜爱。很多时候，召公就在甘棠树下听取老百姓的一些冤情，了解民生疾苦，处理政事。有的时候，处理政务感觉累了，就站起来，绕着这棵甘棠树散散步，或者靠在树干上休息一会儿，撞撞树干，活动活动筋骨。天气热的时候，就在甘棠树下放上一张竹床，在那里小憩一会儿……这棵甘棠树就成了召公办公的必备之品了。

当地老百姓特别感动，出于对召公的爱戴，对这棵甘棠树更是爱护备至。他们都说："这棵甘棠树可是咱们召公听政时休息的地方，我们要爱护这棵甘棠，绝不能让它受到丝毫的损害！"大家对它精心护养，有人给这甘棠树浇水，有人给这甘棠树松土，有人给这甘棠树施肥……这下子，这甘棠树一直生机盎然。自陕地以西的广大地区在召公的治理下，老百姓安居乐业，每年都是五谷丰登，六畜兴旺，一片繁荣。

后来召公去世了。老百姓感念召公的政绩，经常来到这棵甘棠树下流连凭吊，寄托自己的哀思。久而久之也不知道是谁，就写下了一首《甘棠》诗来对这位贤臣表示深切的怀念。

这首诗经老百姓传送，后来就被记录在《诗经》当中，人们也为这棵甘棠树起了个名字，就叫"召公棠"。

【经典原文】

召南·甘棠

蔽芾^①甘棠^②，勿剪勿伐，召伯^③所茇^④。

蔽芾甘棠，勿剪勿败^⑤，召伯所憩。

蔽芾甘棠，勿剪勿拜^⑥，召伯所说^⑦。

【字词注释】

① 蔽芾（fèi）：树木高大茂密的样子。

② 甘棠：棠梨，杜梨，高大的落叶乔木，春华秋实，花色白，
　　果实圆而小，味涩可食。朱熹："白者为棠，赤者为杜。"

③ 召伯：一说召公姬奭。一说召公姬虎。伯爵，封地为召。

④ 茇（bá）：草舍，此处用为动词，做暂住解。

⑤ 败：败坏，毁坏。

⑥ 拜：通"扒"，挖掉。

⑦ 说（shuì）：通"税"，休息。

【参考译文】

梨棠枝繁叶又茂，不要修剪莫砍伐，召伯曾经住树下。

梨棠枝繁叶又茂，不要修剪莫毁伐，召伯曾经歇树下。

梨棠枝繁叶又茂，不要修剪莫乱扒，召伯曾经停树下。

03

厉王暴虐

硕鼠硕鼠，无食我黍。

西周王朝传到周厉王手上时，国力已经很衰弱了。诸侯有的不来朝贡，有的互相攻伐，周天子的威慑力大不如前。周厉王继位后，决心改变现状，不过他改得太厉害，变成暴虐成性、骄奢专制了。这从他的谥号上就能看出来。

周厉王叫姬胡，"厉"是他的谥号。古代君王甚至大臣死了之后，往往都会给他一个字或两个字的评价，这就叫"谥号"。谥号有善谥，有恶谥。善谥就是好的谥号，这个人生前不错，给他一个好的谥号，比如文、武、景……这都是好谥号。也有恶谥，就是这个人生前老做坏事，根据他生前所做的恶行，给他一些恶谥，比如炀、灵、厉……这些就是恶谥。既然后世给周厉王一个"厉"字做他的谥号，就说明这个君王不怎么样。

什么叫"厉"？过去人起谥号那也不是瞎起的，有一部《谥法》作为依据。在《谥法》当中，给这些谥号都做了解释，"厉"有这么几个解释：杀戮无辜曰厉，暴虐无亲曰厉，愎狠无礼曰厉，扶邪违正曰厉。总而言之，这个字没好解释，姬胡被称为周厉王，你想想这个君主能好得了吗？

周厉王一继位，就对老百姓采取了更加残暴的统治，压榨得更加厉害了，因为周厉王觉得，他的父亲对诸侯大臣们太过宽厚了。于是，他把天底下的资源全收归国有了。什么山林、川泽、湖泊、河流，这都是我国有的，老百姓不许到山里头伐木头，不许到河里打鱼。那老百姓怎么活啊？你交钱啊。只要交了钱，国家就准许你进山伐木、下河打鱼，不交钱饿死活该！这就叫"与民争利"、施行国家专利。你想，在当时社会，老百姓可不就是靠山吃山、靠水吃水嘛。周厉王这一下子，把山林围了，把河流断了，把湖泊圈起来了，那些靠山吃山、靠水吃水生活的老百姓怎么生存？

周厉王不但不准许老百姓利用这种自然资源谋生，他手底下的官吏还大肆向百姓们勒索财物，虐待人民，加重赋税。本来要交纳的赋税就不轻了，老百姓生活就已经不堪重负了，这下子周厉王施行专利政策，那更了不得了，让老百姓简直没法过活了，更加忍无可忍。

于是乎，当时的舆论就起来了，那当时是没有报纸没有网络，这要是有报纸有网络那该全乱套了。就算没有这些现代媒体，光是当时街谈巷议、抨击朝政、痛哭辱骂、直指时弊的声音也是到处可闻。甚至还有很多艺术家编了一些流行歌曲。那时候有流行歌曲吗？有啊！没流行歌曲，这《诗经》哪来的？《诗经》这就是当时流行歌曲集。艺术家们就编了一首歌谣，就是收在《国风·魏风》当中的《硕鼠》。比如第一章：

硕鼠硕鼠，无食我黍。三岁贯女，莫我肯顾。
逝将去女，适彼乐土。乐土乐土，爰得我所。

当然，还有其他两章咱就不多说了。什么意思？"大老鼠啊大耗子，不要再吃我的种的粮食了。你看我多年辛苦养活着你，但是我的生活你却不闻不顾。现在我发誓，要从此离开你，去寻找那理想的新乐土。新乐土啊新乐土，那才是我安居的好去处！"谁是大老鼠、大耗子？就是那些贪官污吏！可见当时这些贪官污吏有多厉害，害得老百姓都要背井离乡了。

还是那句常说的话，哪里有压迫哪里就有反抗。周厉王实行三年"与民争利"政策，老百姓忍无可忍，发动"国人暴动"，把周厉王赶下台去了。

据说这首《硕鼠》就是当时所作。也有其他书籍，说《硕鼠》不是那时候作的。是什么时候作的？是鲁国施行初税亩时所作的。当然了，到底是何时所作，这个问题就要交给学者们继续研究了，总之现在还没得出一个定论。但不管怎么样，《硕鼠》是中国历史上表达老百姓对贪残统治者的弃绝的一首著名诗歌。

魏风·硕鼠

硕鼠^①硕鼠，无^②食我黍^③。

三^④岁贯^⑤女^⑥，莫我肯顾^⑦。

逝^⑧将去女，适^⑨彼乐土。

乐土乐土，爰^⑩得我所^⑪。

硕鼠硕鼠，无食我麦。

三岁贯女，莫我肯德^⑫。

逝将去女，适彼乐国。

乐国乐国，爰得我直^⑬。

硕鼠硕鼠，无食我苗。

三岁贯女，莫我肯劳^⑭。

逝将去女，适彼乐郊。

乐郊乐郊，谁之永号^⑮？

【字词注释】

① 硕鼠：大老鼠。一说田鼠。

② 无：毋，不要。

③ 黍：也叫黄米，谷类，是重要粮食作物之一。

④ 三：言其多，非实指。

⑤ 宦：借作"宦"，侍奉。

⑥ 女（rǔ）：同"汝"，你。指硕鼠。下同。

⑦ 顾：关心。

⑧ 逝：通"誓"。

⑨ 适：往。

⑩ 爰：相当于"哪里"。

⑪ 所：处所。

⑫ 德：恩德。此为动词，报恩德义。

⑬ 直：通"职"，处所。一说通"值"，指劳动所得代价。

⑭ 劳：慰劳。

⑮ 号（háo）：呼喊。

【参考译文】

大老鼠啊大老鼠，不要再吃我的黍，

你看我多年养着你，我的生活谁照顾？

现在发誓离开你，去到那边的新乐土。

新乐土啊新乐土，哪儿是我的好住处？

大老鼠啊大老鼠，不要再吃我的麦，

你看我多年养着你，你却对我不优待。

现在发誓要离开，搬到乐国有仁爱。

乐国啊乐国，那才是我的好所在！

大老鼠啊大老鼠，不要再吃我的苗，
你看我多年养着你，你却对我不慰劳。
现在发誓要脱逃，搬到那边的新乐郊，
新乐郊啊新乐郊，谁还悲叹长呼号？

04

共和行政

凡今之人，莫如兄弟。

周厉王当政时期，王朝与民争利。什么叫与民争利？就把天下的山林、川泽、湖泊、河流全收归国有，老百姓要想砍伐、要想捕捞鱼虾都得拿钱来买许可，不允许老百姓靠山吃山、靠水吃水，也就是变相地加重赋税，虐待人民。

本来当时的赋税就已经不轻了，人民生活就已经不堪重负了。周厉王再实行"专利"政策，可谓火上浇油、雪上加霜啊。平民百姓简直忍无可忍了，抨击朝政、直指时弊的舆论就起来了，尤其是在周朝国都镐京。

西周时人被分为三级：贵族、平民、奴隶。住在野外的农夫也属平民，叫"野人"，在这西周国都内还居住着一批有权参加军队的平民以及工商业者，这些人就被称为"国人"。所谓当时的老百姓，也指的是这些平民。奴隶在当时不算老百姓。这些国人不满周厉王的所作所为，更加怨声载道，发表自己的意见抨击朝政，议论是越来越多。

既然有百姓议论了，舆论起来了，你作为统治者是不是该接受批评？看看自己是不是有些政策失当？不！周厉王非但不反省，反而从卫国请来一些巫师、一些跳大神的。干吗？让这些人展开特务工作——"给我看看，到底是谁在那里议论朝政，指桑骂槐、指山说磨！打听完了告诉我，我立刻派人去抓！"

就这样，抓了一大批人。后来弄得这些国人都不敢吭声了，不敢在公众场合议论了。大家见了面儿，都用眼色打个招呼得了，这就叫"国人莫敢言，道路以目"。"道路以目"这个成语就打这儿来的。

如此，在周厉王高压暴政下，度过了三年。这三年，镐京城中发生了很大的变化。由于贵族内部的分化现象越来越严重，很多失势的贵族们和一些贫困的士人们的社会地位在不断下降，慢慢地跟镐京城中的一般平民都杂处了，他们也失去了贵族身份了，也不是士大夫了，也成了国人的组成部分了。这些人本来心里就不舒服，再加上国家对他们的统治那么残酷。国人能受得了吗？最后终于忍不住了！应了鲁迅先生那句话——不在沉默中爆发，就在沉默中灭亡。

突然有一天，都城镐京的国人自发集结起来，一个个手拿着棍棒农具，从四面八方就杀向了王宫。一边冲一边喊："抓住天子，一定让他给我们一个说法！为什么不让我们说话！"

周厉王还在睡觉呢，被喊声惊醒，忙问："怎么回事？"

有人报告："可不得了了，国人暴动了，扑向王宫来了！"

"啊？赶紧给我调兵遣将！平灭这些叛军！"

旁边臣子一听，好悬没哭了："陛下，我们周朝集兵于平民。平民就是兵，兵就是平民。现在平民暴动了，你上哪儿找兵去？就等于你的兵反了，来打你啊。咱赶紧得琢磨琢磨，往哪儿跑吧。"

周厉王到这个时候，才知道大祸临头了，赶紧准备吧！带着宫眷逃出都城。这就是历史上有名的"国人暴动"。

等到暴动平息了，这天子也被赶跑了，也不敢回来了。朝上无君，谁来主持朝政，谁来管理天下？最后大家商议了一个对策，让周公和召公两个人暂时代替周天子行使政权，改年号为"共和"。所以历史上称这个事件为"共和行政"。这个"共和"是个年号，跟咱们现在所说的共和国、民主共和的"共和"概念截然不同，没有什么可比性。另外这里的周公和召公，也不是周公旦、召公奭了，而是他们的后世子孙，召公是召公虎，他的名字叫虎。

召公、周公共和行政一共维持了十四年。到了共和十四年，也就是公元前828年，周厉王终于死了。这一下子，天下无主，大家拥立太子姬静继位，史称周宣王。

经过了国人暴动，周朝统治者已经是外强中干了，尤其是周王朝宗法制、等级制被破坏得很严重。宣王继位，召公立刻就召集宗族（同姓姬的诸侯）一起来到王都。干吗？咱们都是亲戚，咱们都是兄弟，现在政权被破坏成这个样子，咱们还得重新建立起这套宗法制度，还得把咱们这个亲戚关系给重新建立、维护起来！

周王室出于这个目的，把这些姬姓诸侯召集到镐京，然后举行了隆重的庆典仪式。召公在宴会上作了一首诗，就是这首《常棣》，以此来规劝兄弟间要和睦友爱。所以了解就这个背景，我们就能够更加深刻地理解这首诗，为什么这首诗里面说"死丧之威，兄弟孔怀""兄弟阋于墙，外御其务""丧乱既平，既安且宁"……这些都是和国人暴动这个大的历史背景分不开的。

小雅·常棣

常棣①之华②，鄂③不④韡韡⑤。

凡今之人，莫如兄弟。

死丧之威⑥，兄弟孔怀⑦。

原隰⑧裒⑨矣，兄弟求⑩矣。

脊令⑪在原，兄弟急难。

每⑫有良朋，况⑬也永叹。

兄弟阋⑭于墙，外御其务⑮。

每有良朋，烝⑯也无戎⑰。

丧乱既平，既安且宁。

虽有兄弟，不如友生⑱。

傧⑲尔笾豆⑳，饮酒之㉑饫㉒。

兄弟既具㉓，和乐㉔且孺㉕。

妻子好合㉖，如鼓瑟琴。

兄弟既翕^㉗，和乐且湛^㉘。

宜尔室家，乐尔妻帑^㉙。
是究^㉚是图^㉛，亶^㉜其然乎？

【字词注释】

① 常棣：一说灌木名，亦作棠棣、唐棣，即郁李，蔷薇科落叶灌木，花粉红色或白色，果实比李小，可食。朱熹："常棣，棣也。子如樱桃可食。"一说车上的帷裳。闻一多《诗经新义》："常即衣裳字，棣亦当读为帷。"

② 华（huā）：同"花"。古人把木本植物开的花叫"华"。

③ 鄂：一说音（hè），"蕚"的音假，疑问词"怎么"。于省吾（近代古文字学家）《泽螺居诗经新证》："古读鄂如胡。"一说通"萼"，花萼。

④ 不：一说为"丕"的借字，做否定副词。一说为"柎"本字。

⑤ 韡（wěi）韡：鲜明茂盛的样子。

⑥ 威：通"畏"，畏惧，可怕。

⑦ 孔怀：最为思念、关心。孔，很，最。

⑧ 原隰（xí）：泛指野地、原野。原，高平之地。隰，低湿之地。

⑨ 裒（póu）：聚集。指死尸堆积。

⑩ 求：寻找。指寻求尸体。一说求其穴（坟墓）。

⑪ 脊令（jí líng）：通作"鹡鸰"，俗称"点水雀"，一种水鸟。

水鸟今在原野，比喻兄弟急难。

⑫ 每：虽然。

⑬ 况：更加。

⑭ 阋（xì）：争。

⑮ 务（wǔ）：通"侮"。欺负。

⑯ 烝（zhēng）："曾"之借字。乃，就是。一说，长久。

⑰ 戎：帮助。

⑱ 友生：友人。生，语气助词，无实义。

⑲ 傧（bīn）：陈列。

⑳ 笾（biān）豆：祭祀或燕享时用来盛食物的器具。笾用竹制。
豆用木制。

㉑ 之：是。

㉒ 饫（yù）：满足。

㉓ 具：通"俱"，俱全，完备，聚集。

㉔ 和乐：和顺而乐。

㉕ 孺：相亲。

㉖ 好合：情投意合。

㉗ 翕（xī）：聚合，和好，和睦。

㉘ 湛（dān）："媅"之假借。逸乐尽兴。

㉙ 帑（nú）：通"孥"，儿女。

㉚ 究：穷究，深思。

㉛ 图：谋划，思虑。

㉜ 亶（dǎn）：信。

【参考译文】

棠棣花呀棠棣花，鲜明耀眼最艳丽，
人间最深之真情，皆不能如亲兄弟。

死亡之事最可怕，只有兄弟常牵挂，
哪怕抛尸在原野，兄弟也要寻到他。

鹡鸰鸟飞在高原，只有兄弟救急难，
平日良朋和老友，此时只送声长叹。

兄弟有时家中吵，每遇外敌并肩讨，
平日虽有好相交，关键时刻全没了。

丧亡祸乱已平定，一切生活归安定，
遗憾此时亲弟兄，反而不如众友朋。

杯盘餐具都摆开，尽情欢饮多痛快，
所有兄弟一起来，和乐融洽真亲爱。

妻子贤良家庭和，琴瑟协调乐悠扬，

兄弟之间多亲爱，快乐和美永绵长。

使你家庭都安逸，使你妻儿都欢喜，
前前后后细考虑，相信这就是真理！

05

吉甫燕喜

戎车既安，如轾如轩。四牡既佶，既佶且闲。

《小雅·六月》这首诗所反映的事件发生在公元前823年。当时正值西周周宣王在位之时。

提起周宣王大家可能有些陌生，但是如果提起周宣王的父亲，大家一定都熟悉。为什么？咱们讲《诗经》，讲了好几次他父亲的事了。没错！他父亲就是那位实行"专利"的周厉王。咱说了周厉王在位之时，因为连年对外征战，国内消耗巨大，国库空虚。于是，他任命一些奸佞实行"专利"政策，把山林、湖泽都改为天子直接管辖，不准国人谋生，甚至控制国人的言论。结果，他这种高压政策最终引发了"国人暴动"。国人们拿着武器冲进王宫，把这周厉王给赶跑了。后来，就共和行政了。再往后，周厉王死在他乡。召公、周公以及诸侯拥立太子静继位，这就是周宣王。

周宣王继位之后，还真有很大的作为，无论政治上、军事上都重用贤臣，使得国力有了个短暂的恢复，史称"宣王中兴"。他在位时间也长，长达四十六年。在西周后期诸王当中，可以说周宣王是颇有政治作为的，在历史评价上面也比较高。

就在周宣王继位之初，准确来说周宣王五年（前823），出事了。原来，在西周国都镐京的西北部，有一个少数民族部落，名叫猃狁。过去有些人说猃狁是北方的游牧民族，其实不然。从历史资料上来看，猃狁部落不骑马，不是北方骑马的少数民族，也就是说不是纯粹的游牧民族，作战主要作战装备是战车，而且战车非常之多，由此可见这个部落有着较高的技术水平。猃狁主要活跃在渭河上游、泾河上游以及北洛河上游地区。这个地方距离西周统治核心地区镐京非常近，所以在西北方对西周构成了严重的军事威胁。这猃狁的实力也不可小觑，可以说是周朝的劲敌。就在周宣王五年的三月，猃狁突然发兵进攻西周，主力部队集中在焦获（今陕西省泾阳县西北），前锋部队抵达泾阳（今陕西省泾阳县境内），直接威胁到西周首都镐京。

战报传来，周宣王闻讯大吃一惊。但是兵来将挡，水来土囤，人家打来了，那就得开战，派谁领兵带队去跟这猃狁作战呢？这时，周宣王就想起了一个人，此人叫尹吉甫。尹吉甫是不是姓尹？不是。他原名就叫姞甫，姓姞。那怎么叫尹吉甫了？这个尹是官名，后来周宣王把钜（今河北省南皮县）赐给了姞甫作为封邑，于是他的子孙就以尹为姓氏，所以后世叫他尹吉甫。尹吉甫是当时著名的政治家、军事家，猃狁打来了，周宣王就想起了尹吉甫，马上下令尹吉甫统兵带队，讨伐猃狁！

尹吉甫率军在陕西白水附近跟猃狁交战。周朝这边作战也主要是战车，猃狁那边作战也主要是战车，这下好了，战车对战车。尹吉甫以元戎十乘为先头部队，就把这猃狁给击退了。猃狁一看打不过了，抹头就跑，周朝军队一直追赶着猃狁残兵来到太原。这个太原跟现在的太原不是一个地方，乃是现在甘肃省平凉市一带。

尹吉甫这一仗大获全胜，班师回朝。这一战意义非常大，不仅打跑了外侵的猃狁，而且正是周宣王继位不久，西周政权刚刚由共和行政重新转入到王室手中，因此还有巩固王室之功，那周宣王能不高兴吗？马上列队迎接凯旋的尹吉甫，设摆筵宴，什么宴？高规格的燕礼。

在当时，君给臣设燕礼，或者叫赐燕礼，那是无上光荣。这还不说，本来那个燕礼里面也不过设有牢牲，就是有牛羊猪这些肉，这就不错了。但是赐给尹吉甫的燕礼上，居然有鱼、有鳖，有这些海鲜、水鲜。这就代表了此次燕礼是厚上加厚、重上加重，高规格上的高规格了。

【经典原文】

小雅·六月

六月^①栖栖^②，戎车既饬^③。

四牡^④骙骙^⑤，载^⑥是常服^⑦。

狁^⑧孔^⑨炽^⑩，我是用^⑪急。

王^⑫于^⑬出征，以匡^⑭王国。

比物^⑮四骊^⑯，闲^⑰之维^⑱则^⑲。

维^⑳此六月，既成我服^㉑。

我服既成，于三十里^㉒。

王于出征，以佐天子。

四牡修广^㉓，其大有颙^㉔。

薄^㉕伐狁，以奏^㉖肤公^㉗。

有严^㉘有翼^㉙，共^㉚武之服^㉛。

共武之服，以定王国。

狁匪茹^㉜，整居^㉝焦获^㉞。

侵镐^㉟及方^㊱，至于泾阳^㊲。

织文鸟章^㊳，白旆^㊴央央^㊵。

元戎^㊶十乘，以先启行^㊷。

戎车既安^④，如轾如轩^④。

四牡既佶，既佶^④且闲。

薄伐狝狁，至于大原^④。

文武吉甫^④，万邦为宪^④。

吉甫燕喜^④，既多受祉^⑤。

来归自镐，我行永久。

饮御^⑤诸友，炰^⑤鳖脍^⑤鲤。

侯^⑤谁在矣？张仲^⑤孝友。

【字词注释】

① 六月：古代六月不出兵，因狝狁突然入侵，不得不打破常规
    在六月出兵御敌。

② 栖栖：惶惶不安的样子。

③ 饬（chì）：整顿。

④ 四牡：四匹公马。

⑤ 骙（kuí）骙：马很强壮的样子。

⑥ 载：装载。

⑦ 常服：军中各种旗帜。常，一种绘有日月的旗。服，属。一
    说常服即军服。

⑧ 狝狁（xiǎn yǔn）：古代北方少数民族。

⑨ 孔：很。

⑩ 炽（chì）：盛。

⑪ 是用：是以，因此。

⑫ 王：周宣王。

⑬ 于：语气助词。

⑭ 匡：扶助、匡扶。一说救。

⑮ 比物：指把毛色一致的马套在一起。比，并置。物，指马。

⑯ 骊：黑马。

⑰ 闲：熟练。这里做动词，指训练。

⑱ 维：相当于"以"。

⑲ 则：法则。

⑳ 维：发语词。

㉑ 服：指出征的装备，戎服，军衣。

㉒ 于三十里：日行军三十里。一说古代行军以三十里为限，以
  免疲劳。

㉓ 修广：指战马体态高大。修，长；广，大。

㉔ 颙（yóng）：大头大脑的样子。

㉕ 薄：助词，用于动词前，无实义。

㉖ 奏：成就。

㉗ 肤功：大功。肤，大。

㉘ 有严：即严严。威武庄严的样子。

㉙ 有翼：即翼翼。恭敬谨慎的样子。

㉚ 共：通"恭"，谨慎。一说共同。

㉛ 武之服：打仗的事。服，事。

㉜ 匪茹：不弱。一说不退。一说不量力。匪，同"非"。

㉝ 整居：列队占据。一说往居。

㉞ 焦获：泽名，在今陕西泾阳西北。

㉟ 镐（hào）：地名，通"鄗"，不是周朝的都城镐京，今宁夏灵
武一带。一说就是镐京，今陕西西安西南。

㊱ 方：地名，朔方。一说周丰京。

㊲ 泾阳：地名。一说泾水之北。

㊳ 织文鸟章：指绘有鸟隼图案的旗帜。

㊴ 旆（pèi）：古时旗末端形如燕尾的绸制垂旒飘带。

㊵ 央（yīng）央：鲜明的样子。

㊶ 元戎：大型战车。

㊷ 启行：开道。

㊸ 既安：指胜利平安归来。

㊹ 如轾（zhì）如轩：此句是说兵车灵活的样子。轾，车向下俯。
轩，车向上仰。

㊺ 佶（jí）：整齐。一说健壮的样子。

㊻ 大原：即太原，地名，与今山西太原无关。

㊼ 吉甫：尹吉甫。周宣王的大臣，此次出征的主帅。

㊽ 宪：榜样。

㊾ 燕喜：即"喜燕"。庆贺的宴会。

(50) 受祉（zhǐ）：受周王赏赐。祉，福。

(51) 御（yà）：进献。

(52) 炰（páo）：蒸煮。

(53) 脍（kuài）：细切鱼肉。

(54) 侯：语气助词。

(55) 张仲：周宣王卿士。

【参考译文】

六月人心惶惶，兵车修整齐当。
四匹雄马肥壮，车上旌旗飘扬。
玁狁来势凶猛，因此出征紧张。
周王命我征讨，捍卫我朝家邦。

四匹黑马齐壮，操练得合规章。
正值六月炎日，制成打仗军装。
披挂整齐列阵，日行卅里匆忙。
周王命我征讨，辅佐天子王上。

四匹公马肥壮，宽头大耳力强。
出击讨伐玁狁，以建大功名扬。
军容威武严谨，共同保卫边防。
共同保卫边防，国家才能安康。

猃狁甚是猖狂，占据焦获驻防。
目标镐地及方，不久就到泾阳。
我军旗绘鸟章，白色飘带鲜亮。
大型战车十辆，前方开道难挡。

战车行动安稳，起伏高低稳当。
四匹公马健壮，步伐齐整驯良。
出击讨伐猃狁，进军太原地方。
吉甫文武双全，不愧万国榜样。

庙堂宴请吉甫，天子大加赐赏。
从那镐地回乡，出征日子真长。
战友欢饮美酒，蒸鳖脍鲤真香。
席上还有何人？孝友张仲在场。

06

黍离之悲

知我者，谓我心忧；不知我者，谓我何求。

　　《黍离》这首诗描述的场景发生在什么时候呢？历来众说纷纭。其中有一个观点认为，这首诗创作于东周初期。要说明白这件事，就得从西周最后一个君主周幽王身上说起。

　　这位周幽王是周宣王之子，在位期间昏庸无道，而且宠幸一个美人叫褒姒。褒姒长得十分漂亮，但美中不足，不爱笑！怎么逗她，她也不笑。为了博褒姒倾城一笑，这周幽王就听了佞言，有那些奸臣、小人给他进献了一条歪计，让周幽王把防止外族入侵的烽火台给点燃了。这烽火台是当时传信号用的，那年头没有电话、没有电报、没有手机，如果外族入侵了，怎么能够及时得知消息呢？就在边疆修筑很多的烽火台。白天就点狼烟，晚上就点烽火。后一座烽火台看到前一座烽火台狼烟起了或者是烽火起了，就知道有外族入侵，它也赶紧点燃。就这么一座传一座、一台传一台，很快就能把这个紧急军情传到中央。中央则赶紧调兵，前去御敌。这本来是一个很重要的军事设施，结果周幽王为了博得美人一笑，就点燃了烽火台。这一下子，天下诸侯望见烽火，以为周王出现什么危险了，赶紧各自领兵带队前来勤王，来保护周王。一时之间乱乱糟糟，你碰着我了，我撞着你了，有的帽子戴反了，有的把兵刃拿倒了，洋相百出。

周幽王抱着褒姒，在烽火台上往下观看。褒姒一看天下诸侯那么狼狈，乐得哈哈一笑，呦！这下子可以说是一笑百媚生，但是一笑把这国家也给笑亡了。怎么呢？由于周幽王宠幸褒姒，于是就忽略和冷淡了自己原来的王后申后。这申后所生之子就是太子宜臼。但自从褒姒生了儿子伯服之后，周幽王就不喜欢太子宜臼了，最后把他赶出国都去，宜臼就投奔申国（今河南南阳北）了。周幽王想立伯服为太子，这就惹恼了申后的娘家了。

申后的父亲就是申国国君申侯。申侯一听自己的女儿要被废了，当时勃然大怒，就想要起兵讨伐周幽王。但凭他一国之力，很难与周朝相对抗，怎么办？我得借兵。向谁借兵？就向北方的一个少数民族犬戎借兵，答应了犬戎很多条件，又答应事成之后，要给犬戎重金厚礼。犬戎方面一看太好了，我们正想要中原一带，你给我们机会了，马上起兵！就这么着，申侯、鲁侯和许文公等在申国共立宜臼为周朝天子，这就是历史上的周平王。然后申侯联合缯侯、犬戎，率大军来攻伐西周的国都镐京。

消息传来，可把周幽王吓坏了，赶紧命令点燃烽火，干吗呢？把天下诸侯全叫来勤王，保护我！结果把这烽火台烽火全点燃了，一个诸侯也没来！为什么不来？诸侯都被周幽王戏弄惯了。谁知道你这一次点燃烽火台是不是又要戏耍我们？我们不去了。"狼来了！狼来了！"喊多了就没人信了。结果镐京一下子就让犬戎兵给攻破了。周幽王被杀于骊山之下，褒姒被掳走，伯服也在这场战争当中死去了。

占了镐京之后，犬戎兵在这里终日作乐，杀人无数。镐京老百姓叫苦不迭，全归怨于申侯：就是你这个不忠之臣，把外族给勾搭过来的！致使社稷遭殃，黎民涂炭！都骂申侯。

申侯更是叫苦不迭，我这才叫引狼入室！我本来打算借这犬戎兵攻破镐京，把周幽王赶跑就得了，让我的外孙真正继承大统。没想到，人家过来不走了。这真是神容易送神难！怎么才能让犬戎走呢？想来想去，最后写下了四封密令，求救于四路诸侯，分别是晋侯、卫侯、秦侯以及郑侯，让他们赶紧来勤王。

就这么着，几家诸侯共同努力，最终打败了犬戎，把犬戎给赶跑了。赶跑是赶跑了，可再看此时的镐京城，经过这一场浩劫，十室九空，王宫二分之一都被烧毁了。京城四周也不再是原来的国人了，布满了很多的夷戎之人。周平王现在也没有力量再把他们驱赶出去了。周平王一看，镐京这个地方没法再待了。他聚集文武一商量：干脆舍弃镐京，迁都雒邑（今河南洛阳）。

就这么着，公元前770年，周平王在秦襄公、晋文侯、郑武公、卫武公的率兵护送之下，东迁到了雒邑。

虽说现在的国号还是叫周，但这个周朝已经和以往的周朝大不相同了。各诸侯国也越来越不把周天子放在眼里了，各自为政，互相争斗，这个时期在中国历史上被称为东周。

前文咱们讲过，由于秦襄公勤王有功，周平王想赏赐人家，但是没什么东西赏，就开了一张空白支票。反正原来那些土地，现在不是被那些夷蛮之人给占有了吗？你领兵去打！打下多少我给你多少！打下的土地就是你的领土。

秦襄公真厉害，回国之后不断积聚力量讨伐犬戎。他的儿子秦文公即位之后，也继承父志，经过二三十年的不断努力，逐渐强大起来的秦国终于把犬戎从岐山这一带给赶出去了。

秦文公为了表示对天子的忠诚，就把岐山以东包括镐京在内的地区，又全部地奉献给了周平王。但是这个时候，离周平王迁都已经二三十年了。雒邑现在已经呈现出一派繁荣景象了，成了东周王朝的政治中心了。镐京虽然是周朝的旧都，但经过一场浩劫，再经过这么多年的战乱，早已经是荒败不堪了。秦文公献礼了，也不能说不要啊。于是，周平王就派了一位大夫去镐京那边察看察看，看看那里的情形怎样，咱有必要迁都吗？

这位奉命西行的大夫是西周的旧臣。当他重回故地的时候，出现在他面前的是一片不堪回首的悲凉景象——当年的宗庙和宫殿早已经荡然无存了。满目疮痍。遍布在断墙残垣之间的是一行行黍子和谷子。这位大夫沿着田垄漫步，对于故都的怀念使他心潮澎湃，不由含着热泪就吟成了这首《黍离》。

王风·黍离

彼黍^①离离,彼稷^②之苗。

行迈^③靡靡^④,中心摇摇^⑤。

知我者,谓我心忧;

不知我者,谓我何求。

悠悠苍天,此何人哉?

彼黍离离,彼稷之穗。

行迈靡靡,中心如醉。

知我者,谓我心忧;

不知我者,谓我何求。

悠悠苍天,此何人哉?

彼黍离离,彼稷之实。

行迈靡靡,中心如噎^⑥。

知我者,谓我心忧;

不知我者,谓我何求。

悠悠苍天,此何人哉?

【字词注释】

① 黍(shǔ):粮食作物名,粟类,果实去皮后称黄米,有黏性。

【经典原文】

王风·黍离

彼黍[①]离离,彼稷[②]之苗。

行迈[③]靡靡[④],中心摇摇[⑤]。

知我者,谓我心忧;

不知我者,谓我何求。

悠悠苍天,此何人哉?

彼黍离离,彼稷之穗。

行迈靡靡,中心如醉。

知我者,谓我心忧;

不知我者,谓我何求。

悠悠苍天,此何人哉?

彼黍离离,彼稷之实。

行迈靡靡,中心如噎[⑥]。

知我者,谓我心忧;

不知我者,谓我何求。

悠悠苍天,此何人哉?

【字词注释】

① 黍(shǔ):粮食作物名,粟类,果实去皮后称黄米,有黏性。

② 稷（jì）：粮食作物名，即粟，俗称谷子，果实去皮后称小米。李时珍《本草纲目》："稷与黍一类二种也。黏者为黍，不黏者为稷。"

③ 行迈：行走。

④ 靡（mǐ）靡：行步迟缓的样子。

⑤ 摇摇：心神不定的样子。

⑥ 噎：因心中郁结而呼吸困难。

【参考译文】

黍子一行一行，谷子苗儿在长。

步履行走缓慢，心中郁闷难当。

有那知我之人，说我心中忧伤。

那些不知我者，问我把啥求访。

悠悠苍天在上，何人害我这样？

黍子一行一行，谷子穗儿在长。

步履行走缓慢，如同醉酒相仿。

有那知我之人，说我心中忧伤。

那些不知我者，问我把啥求访。

悠悠苍天在上，何人害我这样？

黍子一行一行，谷子颗粒饱胀。

步履行走缓慢，心中梗塞难当。

有那知我之人，说我心中忧伤。

那些不知我者，问我把啥求访。

悠悠苍天在上，何人害我这样？

07

武公君子

有匪君子，如切如磋，如琢如磨。

有人说《淇奥》这首诗是赞美卫武公的诗篇。卫武公是谁？他是卫釐侯的小儿子，姓姬叫姬和。这卫釐侯的夫人一共生了两个儿子，大儿子也就是卫国的世子叫姬余，小儿子就叫姬和。姬余这个人谦恭宽厚，但是生性懦弱，也没什么才能。但姬和，你别看小，一表人才、文武双全。所以，卫釐侯对这个小儿子特别宠爱。但是，我们经常讲，在那个宗法社会里，继承父亲事业的只有嫡长子，也就是说姬余能够继承卫国国君之位，姬和跟国君之位无缘。但无缘不行啊，在那个时代，为了争权夺利而产生的父子相残、兄弟相杀这样的事情太多了，姬和就是一例。

卫釐侯去世之后，世子姬余继承侯位，史称卫共伯。但是，就在安葬卫釐侯那一天，姬和突然就发动政变，在墓地里逼着自己的哥哥卫共伯自杀了，夺得卫国国君之位。也就是说，姬和是个弑君夺位之人。

姬和即位之后，知道自己虽然如愿以偿地当上了国君，但"弑君杀兄夺位"的秘密难免会泄露出去。还好，我哥哥在位的时间短，对老百姓没有什么恩惠，我只要尽职尽责，勤政爱民，让老百姓安居乐业，他们吃得饱穿得暖，才不管谁当国君呢，就把我曾经的罪行给忘了。于是他召集群臣，郑重宣布：我决心要励精图治！要求群臣团结一致，辅助自己理好政事。

从此之后，这姬和礼贤下士、广开言路，兢兢业业地治理国家，施行了很多发展农业生产的措施。这样四十年后，再看卫国，兴旺强盛，国力蒸蒸日上。果然，吃饱穿暖的老百姓没有一个说姬和不好的，反倒是交口称赞。

但这个时候，周朝出事了。出什么事了？幽王烽火戏诸侯了！周幽王宠信奸臣、宠幸褒姒，朝政腐败。公元前771年，申侯勾结犬戎军队打下了镐京，到京城里烧杀抢掠，无恶不作。最后，申侯请神容易送神难，局势已经到了无法控制的地步，镐京城被这一帮子犬戎兵给占了。怎么办？只好以新立的天子周平王的名义发出密令，调四路离周朝近的诸侯，其中一路就是卫国，要求卫侯出兵，进京勤王。

姬和接到密令，大吃一惊。这个时候姬和多大了？八十多了。老头子一看周室有难，我不能不管！不顾年老体迈，调集人马，日夜兼程，赶奔镐京，会同秦国、郑国等各路诸侯，围攻犬戎兵。犬戎兵一看，没办法抵挡，就带着抢来的财物退出了镐

京。后来，周平王见镐京残破，决定东迁雒邑，卫武公又派兵护送，使王室得以顺利东迁。

为感谢姬和平乱和护送之功，周平王对姬和加官晋爵，主要是晋爵了。最早在卫国建国的时候，封国君为伯爵，后来提升了一格就提升成侯爵了，今天又加封为公爵。爵位在当时分几个等级，就是公、侯、伯、子、男。所以姬和死后的谥号就是卫武公。

周天子还赏赐了许多贵重的礼器，那卫武公能不高兴吗？高高兴兴率领军队凯旋。臣民们热烈欢迎。卫武公把周平王赏赐的礼器全部供奉在宗庙里，然后大宴群臣，让百姓们尽欢三天，热烈庆祝。这一下子，八十多岁的卫武公在国内的威望就更高了。

又过十多年，卫武公真经活，活到了九十五岁。在那个年代能活到九十五就跟现在的一百五差不多少了。虽然卫武公在卫国德高望重，但是他还是非常谦逊，经常对群臣说："你们不要因为我年岁大了就抛弃我，应该日夜对我加以警示，我哪点做得不对，哪点做得不足，你们都要给我指出来，千万不要不好意思。"

他这种精神进一步地赢得了卫国人民的敬爱。于是有人就写了这么一首《淇奥》诗来赞美他，把这位卫武公的德行比作绿竹、美玉。

卫风·淇奥

瞻彼淇^①奥^②，绿竹^③猗猗^④。

有匪^⑤君子，如切如磋，如琢如磨^⑥。

瑟^⑦兮僩^⑧兮，赫^⑨兮咺^⑩兮。

有匪君子，终^⑪不可谖^⑫兮。

瞻彼淇奥，绿竹青青^⑬。

有匪君子，充耳^⑭琇莹^⑮，会弁^⑯如星。

瑟兮僩兮，赫兮咺兮。

有匪君子，终不可谖兮。

瞻彼淇奥，绿竹如箦^⑰。

有匪君子，如金如锡^⑱，如圭如璧^⑲。

宽兮绰^⑳兮，猗^㉑重较^㉒兮。

善戏谑兮，不为虐^㉓兮。

【字词注释】

① 淇：淇水，源出河南林州，东经淇县流入卫河。

② 奥（yù）：水边弯曲的地方。

③ 绿竹：植物名。指多年生常绿、有节、质地坚硬的竹子。一
   说绿为王刍，竹为扁蓄。

④ 猗猗：美好盛大的样子。

⑤ 有匪：同"匪匪"，仪态优美的样子。匪，通"斐"，有文采的样子。

⑥ 切、磋、琢、磨：均指文采好，有修养。切磋，本义是加工玉石骨器，引申为讨论研究学问；琢磨，本义是玉石骨器的精细加工，引申为学问道德上钻研深究。毛亨："治骨曰切，象曰磋，玉曰琢，石曰磨。"

⑦ 瑟：庄严的样子。

⑧ 僩（xiàn）：宽大的样子。

⑨ 赫：威严的样子。

⑩ 咺（xuān）：威仪显赫的样子。

⑪ 终：永久。

⑫ 谖（xuān）："萱"的借字，忘忧草，引申为忘记。

⑬ 青青：即菁菁，茂盛的样子。

⑭ 充耳：挂在冠冕两旁的饰物，下垂至耳，一般用玉石制成。

⑮ 琇莹：似玉的美石，宝石。

⑯ 会弁（guì biàn）：鹿皮帽。会，鹿皮会合处。弁，皮帽。

⑰ 簀（zé）："积"的假借，堆积。

⑱ 金、锡：黄金和锡，一说铜和锡。闻一多《风诗类钞》主张为铜和锡："古人铸器的青铜，便是铜与锡的合金，所以二者极被他们重视，而且每每连称。"锡，一说是银。

⑲ 圭、璧：均为制作精细的玉制礼器，显示佩带者身份、品德

高雅。圭，上尖下方，在举行隆重仪式时使用；璧，正圆形，
中有小孔，供贵族朝会或祭祀时使用。

⑳绰：旷达。一说通"婥"，柔和的样子。

㉑猗（yǐ）：通"倚"，依靠。

㉒重较（chóng jué）：较，古时车厢两旁作扶手的曲木或铜钩。
汉人称为车耳。一车有双耳，故曰重。为古代卿士所乘。

㉓虐：粗野、刻薄。

【参考译文】

看那淇水转弯来，翠竹碧绿婀娜态。
有那文雅风流士，如切如磋般光彩，如琢如磨般细白。
庄严那个又大方，威武那个好仪态。
有那文雅风流士，叫人永远难忘怀。

看那淇水转弯来，绿竹青青真可爱。
有那文雅风流士，垂耳玉石闪异彩。帽缀宝石星光在，
庄严那个又大方，威武那个好仪态。
有那文雅风流士，叫人永远难忘怀。

看那淇水转弯来，绿竹葱茏叶叠盖。
有那文雅风流士，如金如锡般光彩，如圭如玉般洁白。
宽宏那个又旷达，依靠车耳真是帅。
言辞诙谐又幽默，从不刻薄难入耳。

08

郑伯克段

叔于田，乘乘马。

《诗经·郑风》中有两首诗的名称是一样的，都叫《叔于田》。不但名字一样，里面所反映的内容也大体一致。那怎么区别这两首诗呢？于是后人把头一篇名字不变，仍叫《叔于田》，第二篇《叔于田》加一个"大"字，因为它比较长，叫《大叔于田》，以示区别。

当然了，也有人觉得《大叔于田》跟《叔于田》其实说的不是一回事。《叔于田》中像"叔""伯"这种表示序列的字经常在《诗经》中出现，尤其是《诗经》中的女子，经常对自己的丈夫或者自己的情人，用叔、伯作为一种昵称或一种爱称。所以，有人认为《叔于田》就是一般女子对自己爱人的一种赞美。但是，《大叔于田》为什么加个"大"？不是说它长就给它加个"大"以示区别。"大叔"就是"太叔"，"大"和"太"相通，那么《大叔于田》其实就是"太叔于田"。这里的太叔指的是谁呢？指的是郑国的太叔段。那这首诗就和春秋时期的一段很有名的历史典故有了关系。

这段故事发生在郑国。春秋初年，郑国可以说势力非常强盛。它的地势条件好，地处中原。而且，郑国当时的国君郑武公为东周王朝立下了很大的功劳，周平王也是他扶上马的。他与秦、晋、卫三国联军击退犬戎，还护送周平王迁都雒邑。周平王对他特别感激，就给了他很多优惠政策，封赏了他大片土地。所以这么一来，郑国在春秋初年迅速崛起。

郑武公的夫人叫武姜，两人感情十分融洽。后来，武姜怀孕了，俗话说得好，"怀胎十月，一朝分娩"。可是，武姜怀的第一个孩子差点没分娩下来。怎么？难产！难产也比较常见，按现在来说，因为这个孩子胎位不正，是"坐胎"。我们都知道在正常情况下，胎儿在母亲的腹中，临产前要头冲下，这么一来好顺产。但如果是屁股朝下，头冲上，这就容易难产。像这种胎位不正的，在我们现在的医学上很简单，进行剖宫产手术就行了。但是在那个年代，春秋初年，谁会做这种手术？剖开，连孩子带母亲都活不了。所以，只能自然分娩。这么一来，可把这武姜给折腾苦了，弄得死去活来。整整生了一天，这孩子愣是没生下来。最后把这武姜折腾得筋疲力尽，结果这孩子也不动弹了，武姜的肚子也不疼了，再看武姜就像泄了气的皮球似的，立刻瘫软在床上了，昏昏沉沉睡着了。也不知道过多久，武姜被一阵孩子的啼哭声给吵醒了，这个腻歪劲就甭提了。朦朦胧胧睁开双眼一看，发现孩子生出来了。敢情武姜睡着觉就把这孩子给生下来了，满身污垢地正在那儿哭呢。武姜对这孩子就产生了一种非常厌恶的感觉，后来就给这孩子起名叫寤生。什么叫寤？寤者，倒也。就是说这个孩子是倒着生出来的，言下之意，这个孩子是个逆子！所以，寤生自打出生之后，在他母亲武姜那里，从来没得到过笑脸，根本就没体会到一天的母爱。武姜对寤生是能不见面就不见面，见了面那也是鼻子不是鼻子脸不是脸，对寤生是呼来唤去、非打即骂，总而言之，怎么看寤生，她怎么别扭。

后来武姜又怀孕了，十月怀胎，一朝分娩，这次分娩特别顺利，刚觉得肚子一疼这孩子就出生了，没受多大的痛苦。生下来抱到武姜面前一看，还是个男孩，长得一表人才，武姜非常喜欢，就给这个孩子取个名字叫叔段，其实就是起个名字叫段。叔的意思我们知道伯、仲、叔、季，老大叫伯或叫孟，老二叫仲，老三叫叔，老四叫季，这是个序列词。但是除了老大叫伯、叫孟以外，仲、叔、季就没那么严格了，只要顺序别颠倒就成，所以叔段就是二段。

不知道为什么，武姜对叔段格外喜爱。叔段在武姜的眼里什么都好，没有半点缺陷。而且叔段长得确实好，尤其长大之后更是一表人才，面如敷粉，唇若涂朱，而且多力善射、武艺高强，论文有文、论武有武，在武姜眼里比寤生强胜百倍。所以，武姜把百分之百的母爱全都输送到叔段身上了，给那寤生没有半点母爱。非但没有母爱，反倒是把这寤生视为眼中之钉子、肉中之刺。您说这奇怪不奇怪，世界之大无奇不有，哪有当娘的把自己的儿子看成自己眼中之钉的？但是武姜就这样。

武姜喜爱叔段，就处处为叔段着想，那么首先想到的就是郑国的君位继承问题。郑武公百年之后，君位应该传给谁？我们经常说，在宗法时代，君位按理应该传给嫡长子。嫡长子是谁？寤生啊。但武姜不这么认为，她不待见寤生，所以就想让郑武公立小儿子叔段为嗣。她就开始在郑武公面前一个劲地夸叔段，说叔段好，一表人才，能文能武，知人善用，你应该把这君位给他，他比那个寤生可强胜百倍。但是郑武公这个人比较有主见，就告诉武姜："这话以后你少提！立谁为嗣的问题还用提吗？长幼有序，不可紊乱，废长立幼乃取乱之道！如果说寤生有什么过错，立叔段为嗣，那还能说过去。可现在寤生没有半点过错，寡人岂可废长立幼乎？以后这样的言语不要再提起了！"

郑武公还真有主见，一看这世子未立，容易引起他人觊觎，干脆我先确定了吧，就册立了寤生为世子。虽说武姜不乐意，但是也没办法，等着吧。

郑武公二十七年（前744），郑武公病逝，世子寤生顺理成章地继承了郑国的君位，这就是著名的郑庄公，春秋初霸。我们都知道春秋有五霸，郑庄公在五霸之前，所以称为初霸，也称小霸。

郑庄公继承父位，按说这局势已定，武姜这个做母亲的应该使这兄弟两个人和睦相处，共同为郑国发展努力，就不应该再在两个兄弟之间挑拨离间，应该把那种原有的使二儿子登基坐殿的念头给压下去，化为乌有，这样一来才能使兄弟二人共同为国家、为社稷并肩奋斗。可是这位武姜恰恰相反，寤生的登基非但没有消除她的偏执之火，反倒是在她这偏执之火上又加了一瓢油，更加觉得寤生别扭了。可以说，现在寤生在武姜的眼里就成了一个不共戴天的仇敌了，她无时无刻地不想着怎么使自己的二儿子重新夺得君位，把自己这个大儿子给废了，最好给除了。

郑庄公元年（前743），武姜就以国君之母的身份把郑庄公叫到面前，说："你现在成了郑国国君了，你倒是舒服了，你看看你兄弟叔段，连块封地都没有，你这当哥哥的于心何忍！你该给你弟弟封一块好的地方。"

"那封什么地方？"郑庄公说，"您说吧。您说哪个地方好，我就把那个封给我弟弟，不就完了吗？"

"这还差不多，我看制邑这个地方不错，你就把制邑分给他吧。"

郑庄公一听，什么？我把制邑分给叔段，那可不行！为什么？"制"可不是一般的地方。制邑是哪？就是现在的河南省荥阳市西北。提起制或制邑这个名字，大家可能不知道，但是它还有另外一个名字，大家可能都知道——虎牢关。《三国演义》里面有一段"三英战吕布"，就在虎牢关打的。如果虎牢关地势不险要的话，吕布吕奉先会亲率大军到虎牢关拦截十八路诸侯吗？

郑庄公心说话：这制邑是我郑国的北大门，我能让叔段去镇守这个地方吗？那不就等于把我郑国的脖子交给叔段了吗？他什么高兴起来，拔出宝剑在我脖子上拉一刀，不久就切断了我的咽喉了？那不能给。

他一说不给，武姜这个脸色特别难看："既然制邑你不给，那你干脆把京城给叔段吧！"京城是哪？京城不是国都，就是现在的河南省荥阳市的东南，在当时被称为京城，又被称作京邑。

庄公更是吃一惊，京城也不行，这个地方离虎牢关太近了。

刚这么一犹豫，武姜看出来了，把脸一沉："怎么着？难道说京城也不行吗？好好好，寤生！我看你根本就没把你这个兄弟放在眼里。我看你兄弟叔段在郑国也不会有什么出息。这么着吧，我求求你，你把你的兄弟逐出郑国，让他逃亡到其他国家，谋一个一官半职的，能够有口饱饭吃就行了。行不行？你干脆别要你的兄弟了！"

她一说这话，郑庄公不敢了，"扑通"一下跪倒在地："母亲，孩儿我实无此意，实无此意！也不敢。"

"不敢？你是郑国国君，你有什么不敢的？如果不应允把京城封给叔段，就证明你确有此意！"

最后郑庄公被逼得没办法了，只得把京城给了叔段了。

结果，叔段到了京城之后，在母亲武姜的怂恿之下，在那里招兵买马、聚草屯粮，暗自做好兵变准备，一旦有了时机，他就想杀奔国都，把郑庄公给撵下来，自己登上君位宝座。由于他到了京城，所以郑国的国人都不叫他叔段了，改了一个称谓，都管他叫京城太叔，又称太叔段。刚才咱们说了，太和大是相通的，太叔就是大叔。

太叔段在京城阴谋造反，招兵买马，而且遵照母亲的嘱咐用财物笼络群臣，在京城爱惜百姓，这叫笼络人心。他还经常地微服出访，资助贫苦的百姓。这样一来，没过多久，京城地区的百姓都对太叔段挑大拇哥称赞。

太叔段很喜欢打猎。明着是打猎，其实是以打猎的名义和方式训练扩充军队，加强自己的军事力量。他每次出猎都是前呼后拥，声势浩大，引得老百姓都出来观看助威。当时，就有一位民间歌手出于对太叔段的真心爱戴，写了一首《大叔于田》的诗来赞美他。

这首诗编出来之后，很快传遍了京城地区，太叔段更是得意忘形了。他先后派出心腹到郑国西部、北部边境去，买通了那里的守将，把大片国土占为己有，为造反做准备。

像这种消息，郑庄公真的不知道吗？郑庄公不仅知道，而且了解得非常详细。那他为什么不干预制止？郑庄公更阴毒！行啊，老二！我如果在你没有造反之前，把你给镇压了，天下老百姓不知道的，都以为我不容你这个弟弟。我干脆惯着你！我知道假装不知道，看见假装没看见，把你的野心一步一步给惯大，迟早一天你会多行不义必自毙！等到你真的造了反了。到那个时候，我一下子把你打入万劫不复之地！

　　果然，郑庄公二十二年（前722），太叔段整顿好军队，准备好战车，要偷袭郑国都城，武姜则打算在城里为他打开城门。郑庄公得知了叔段起兵的日期后，立刻以雷霆万钧之势，一下子就把他给镇压下去了。京城的民众在得知真相后，见郑庄公大军前来平叛，纷纷背弃太叔段。在此情形下，太叔段逃到鄢邑（在今河南鄢陵县北），郑庄公又到鄢邑讨伐他。太叔段于是逃到共国（今河南辉县），最后老死在共国。所以，太叔段又被称为共叔段或者共叔。

　　《春秋》微言大义，是这样记载这段历史的："郑伯克段于鄢。"为什么不说郑庄公败他弟弟于鄢？而要说郑伯克段于鄢？《左传》对此专门给出了解释："段不弟，故不言弟；如二君，故曰克；称郑伯，讥失教也。"也就是说，太叔段这个做弟弟的不守悌（敬爱兄长）道，所以不说太叔段是郑庄公的弟弟；他和郑庄公像是郑国的两个君主，互相争斗，而郑庄公打了胜仗，故称之为"克"。称郑伯而不称郑庄公的原因，是讽刺郑庄公没有正确地教导自己的弟弟。也就是说，史官们把这一事件看成是郑庄公设下的一个阴谋。那这首《大叔于田》也被后人看成是对郑庄公玩弄权术的一首讽刺之诗。

【经典原文】

郑风·大叔于田

叔于田^①，乘乘^②马。

执辔^③如组^④，两骖^⑤如舞。

叔在薮^⑥，火烈^⑦具^⑧举。

袒裼^⑨暴虎^⑩，献于公所。

将^⑪叔勿狃^⑫，戒^⑬其伤女^⑭。

叔于田，乘乘黄^⑮。

两服^⑯上襄^⑰，两骖雁行^⑱。

叔在薮，火烈具扬^⑲。

叔善射忌^⑳，又良御忌。

抑^㉑磬^㉒控忌，抑纵送^㉓忌。

叔于田，乘乘鸨^㉔。

两服齐首^㉕，两骖如手^㉖。

叔在薮，火烈具阜^㉗。

叔马慢忌，叔发罕^㉘忌，

抑释^㉙掤^㉚忌，抑鬯弓^㉛忌。

【字词注释】

① 田：同"畋（tián）"，打猎。

②乘乘（chéng shèng）：前一乘为动词，即驾；后为名词，古时一车四马叫一乘。

③辔（pèi）：驾驭牲口的嚼子和缰绳。

④组：织带平行排列的经线。

⑤骖（cān）：周代驾车有四马，里面两匹称"服"，外边两匹称"骖"。

⑥薮（sǒu）：沼泽地带，低湿多草木，禽兽聚居之所。

⑦烈："迾"的假借。火迾，打猎时放火烧草，遮断野兽的逃路。一说，烈借为列，火的行列。

⑧具：同"俱"。

⑨袒裼（tǎn xī）：脱去上衣，露出身体。

⑩暴虎：空手打虎。暴，通"搏"。

⑪将（qiāng）：请，愿。

⑫狃（niǔ）：习以为常，熟练。引申有掉以轻心之意。

⑬戒：警戒。

⑭女（rǔ）：同"汝"，指叔。

⑮黄：黄马。

⑯服：见注⑤。

⑰襄：同"骧"，奔马抬起头。

⑱雁行：骖马比服马稍后，排列如雁飞之行列。

⑲扬：起。

⑳忌：语尾助词。

㉑ 抑：发语词。

㉒ 磬（qìng）：乐器名。这里以其形状形容御者弯腰如磬前屈，勒马使缓行或停步。

㉓ 纵送：放马奔跑。一说："骋马曰磬，止马曰控，发矢曰纵，纵禽曰送。"皆言御者驰逐之貌。

㉔ 鸨（bǎo）：通"駂"，有黑白杂毛的马。

㉕ 齐首：齐头并进。

㉖ 如手：指驾马技术娴熟，如两手左右自如。一说两骖在旁而稍后，如人双手。

㉗ 阜：旺盛。

㉘ 罕：稀少。指箭发射留下很少。

㉙ 释：打开。

㉚ 掤（bīng）：箭筒盖。

㉛ 鬯（chàng）弓：把弓放进弓袋中。鬯，"韔"的借字，弓囊，此处用作动词。

【参考译文】

大叔出猎了，四马驾车跑，

手握缰绳如丝组，两匹骖马像舞蹈。

大叔在林沼，众人举火燎，

大叔打虎赤膊上，献礼给公朝。

还请大叔莫大意，警惕猛兽把你咬。

大叔到猎场，驾车四马黄，
两匹服马领前奔，骖马紧随如雁行。
大叔林沼上，众人举火扬，
大叔射箭最擅长，驭马本领强。
时而驰骋时勒马，时而射箭时纵亡。

大叔狩猎来，四马花色彩，
两匹服马齐头进，骖马随后如手摆。
林沼大叔在，烈火一排排，
大叔宝马渐放慢，发箭稀下来。
伸手打开箭筒盖，三棱雕翎收箭袋。

09

齐大非偶

有女同车，颜如舜华。

郑庄公三十八年（前706），一个叫山戎的少数民族部落攻打齐国。当时齐国的国君是齐僖公，一看敌军来势汹汹，赶紧派使者到郑国去向郑庄公求援。郑庄公一听，齐和郑现在是同盟国，而且是郑每用兵，齐必相从，今来乞师，宜速往救！就说齐郑两国那是同气连枝的好同盟，每一次我们郑国用兵，你们齐国一定帮助我们。那么现在齐国有难了，我们郑国不能够袖手不管。他马上选了战车三百乘，令世子忽为大将，高渠弥为副手，星夜赶奔齐国援救。

世子忽就是郑庄公的大儿子姬忽。这小伙子能征惯战，带着队伍来到齐国，就跟着山戎开了仗了。齐郑两国一联手，把这山戎兵打了个稀里哗啦。山戎兵一看不好，打不过人家，赶紧撤吧。齐郑两国乘胜追击，生擒甲首三百，戎兵死伤无数，大获全胜。

这可把齐僖公给乐坏了，看到世子忽这个小伙子长得这么漂亮、这么勇猛，大拇哥一挑："若非世子如此英雄，戎兵安得退却？今天我齐国能得安宁，皆世子之所赐也！"这个评价太高了。

世之忽连忙向齐僖公拱手："齐侯言重了。偶效微劳，何烦过誉，您太客气了。"

齐僖公一看现在戎兵给打跑了，立刻设摆国宴。干什么呢？要谢一谢人家郑世子姬忽。那齐国的国宴太丰盛了。齐国处在海边，山珍海味应有尽有。齐僖公让郑世子忽坐在自己身边，频频向世子忽敬酒，席间感谢言语、赞美之辞不绝于口。

齐僖公越看郑世子越是喜欢，越瞧姬忽越高兴：这小伙子人家本事怎么那么高？而且是一表人才，又是未来郑国的国君，我何不和他近乎近乎？他就问："贤侄，你看，我有小女，愿备箕帚，不知世子可乐意否？"什么意思呢？齐僖公说了：我有一个小女儿，愿意嫁给贤侄，到你家给你整理整理簸箕、整理整理笤帚，这叫"愿备箕帚"。那意思说白了就是：我有闺女想许配给你，你乐意不乐意吧。说完话，齐僖公笑眯眯地看着世子忽，他多么希望世子忽能够一点头，说声"我乐意"，这门亲事就算定下来了。

哪料到，姬忽把脑袋一摇晃："齐侯，小侄我何德何能，能够迎娶齐侯之女？这事万万不可。"

　　齐僖公连提了好几次亲，郑世子忽就是不允。那为什么不答应呢？世子忽有他的想法。他对身边人说："我跟这齐国没关系的时候，如果齐国向我提出这个事，我都不敢立刻答应，何况现在呢？现在我干吗来了？我是奉我父亲之命，率兵来救援齐国来了，是来帮人家忙的。我来救人家，没图什么回报，就是仗义相帮，这是义不容辞的事。但如果说，现在我把山戎打跑了，然后带着人家齐国国君的女儿回去了。传扬出去我成什么了？人家不知道的会说我是为了得到人家女儿才去打仗的。这有些乘人之危之嫌。这话好说不好听。所以，我现在不能娶齐国国君之女。"

　　郑国的上卿祭仲这么一听，把嘴一咧，心说话：世子啊世子，你怎么那么糊涂！你应该答应这门亲事。你现在都不明白你的处境。你现在身为世子，世子这个位置可不安全，你的几个兄弟都在背地垂涎三尺盯着呢，谁不想当世子，谁不想当未来的郑国国君呢？他们私底下都培养了强大的力量。你现在就是在高台之上，下面没根基。现在齐国主动跟你结亲，这对你天大的好处。齐国还了得吗，那是大国！有朝一日，你万里有一碰到了什么难题、遇到了什么事情，别人都不管，你还有齐国这个大国相助呢，因为你是齐国的姑爷。这是多么大的美事，世子你怎么能够拒绝呢？你应该答应他。

　　但是甭管怎么劝，姬忽就是不答应，告诉齐侯："未得父命，私婚有罪。"这门亲事我还没有禀告给我的父亲，我父亲没点头，我私自在齐国订婚这就有罪，我不敢答应。你问急了，我再给你一句："齐大非偶。"你齐国是大国，你们太大了，并非我满意的配偶。

齐僖公一听这话，登时勃然大怒：好你个郑世子，你太不识抬举了！我觉得你这个年轻人有点本事，这才愿意把我女儿嫁给你。你倒好，还横挑鼻子竖挑眼！"我有女如此，何患无夫！"我有这样的闺女，我还担心给她找不到老公吗，非得嫁给你姬忽？你不答应，我还不给了呢！就算你家郑公亲自到我齐国来迎娶，我都不给！把这齐僖公给气得靠在榻上，呼哧带喘。

这下子，世子姬忽等于惹了大麻烦，他失去了援手，还结下了仇敌，为他未来的政治悲剧生涯埋下了伏笔。

世子忽拒绝了齐国的婚请，不但说齐僖公人家不高兴，就连郑国的老百姓都不高兴。这些老百姓替人家世子忽瞎操心，说你这么做怎么行，怎么可以？你怎么那么不顾全大局。于是有些人就为这事编了首歌谣叫《有女同车》，到处传唱。

【经典原文】

郑风·有女同车

有女同车①，颜如舜②华③。

将翱将翔，佩玉琼琚④。

彼美孟姜，洵⑤美且都⑥。

有女同行⑦，颜如舜英。

将翱将翔，佩玉将将⑧。

彼美孟姜，德音⑨不忘⑩。

【字词注释】

① 同车：同乘一辆车。一说男子驾车到女家迎娶。

② 舜：通"蕣"。即木槿。

③ 华（huā）：古"花"字，指木本植物的花。下文"英"字同
   义。

④ 琼、琚：指珍美的佩玉。

⑤ 洵（xún）：确实。

⑥ 都：安娴文静。

⑦ 行（háng）：道路。

⑧ 将（qiāng）将：即"锵锵"，象声词。

⑨ 德音：美好的品德声誉。一说美好的声音。

⑩ 不忘：难忘。一说不尽。王引之《经义述闻》："犹言德音不已。"

【参考译文】

有女和我同车乘，粉面好似木槿红。
体态轻盈如飞动，环佩美玉叮当声。
此乃美人孟姜女，举止娴雅又文静。

有女和我同路行，木槿容颜光彩颖。
身姿翱翔真轻盈，环佩美玉锵锵声。
此乃美人孟姜女，美誉四播好名声。

10

傅母教女

巧笑倩兮，美目盼兮。

　　《卫风·硕人》可以说是中国历史上有文字可考的资料当中，最早的一篇歌颂美女的诗歌。所以，有清代学者认为这首诗是"千古颂美人者，无出其右，是为绝唱"。可以说古往今来所有歌颂美人的诗篇加在一起都不如这首诗！这首诗是绝唱，写绝了！那这首诗描写的是哪个美女？据说这个美女就是春秋时期的庄姜。而且还有一种说法，说这首诗就是庄姜的母亲——傅母所作。为什么所作？为了教育庄姜。

　　中国古代有很多伟大母亲，因善于教育子女而名传千古。比如，孟子的母亲——孟母，"孟母三迁"的故事广为流传，《三字经》里面也有："昔孟母，择邻处，子不学，断机杼。"还有岳飞的母亲——岳母，岳母刺字，给岳飞背后刺上了"尽忠报国"，有的说是"精忠报国"。甭管是什么，岳母刺字，教孩子一定要

保家卫国，也成了千古美谈。庄姜的母亲傅母和孟母、岳母一样，都是古时候的大贤大德，文化素养非常高，而且力行母教。这样的母亲管教子女非常严格，不是因为有这么一个好母亲，可能就出不来这么一位美丽的庄姜。

为什么叫庄姜呢？其实"庄姜"这俩字都不是这个美女的名字。由于这个美女嫁给了卫国的国君卫庄公，卫武公的儿子和继任者。卫庄公这个"庄"字是他的谥号，是他死了之后经过大臣们商议，根据他一生的功过，给他评的一个字，就是谥为"庄"。这个美女又嫁给了卫庄公，所以被后人称作"庄"。那姜呢？因为她是齐国宫室之人，有的说是齐国东宫得臣之妹，所以她娘家的姓就是齐国国姓，姜姓。当时这齐国净出美女。所以，当时诸侯国都以得到齐国宫室女子作为自己妻子为荣。那么我们就看到春秋时期，有一批诸侯的夫人、妾室，都叫这个姜、那个姜——庄姜、宣姜、武姜……其实她们的名字来历都是一样的，第一个字是她丈夫的谥号，第二个字是她娘家的姓，加在一起就成了她的名字。不过大家要明白，这个名字一定是后人叫的，也就是说她们在世的时候，是不知道自己叫庄姜、宣姜、武姜……的。

据《列女传》记载，庄姜这个女子特别漂亮。嫁给了卫庄公之后没多久，庄姜也和普通的贵妇一样，既然嫁给国君了，那在这一国之内，除了国君就我大，就开始享乐了，也爱打扮了，生活也开始奢侈起来，行为举止在当时就觉得有失妇道了，这就被自己母亲傅氏看在眼里了。

于是，有一次母亲就找到她，严厉地批评她、告诫她："我告诉你，咱们齐国老姜家，世世代代都受人尊敬。为什么？就因为咱们心系百姓！姜家人平常都努力提升自己的德操。你既然是个聪明人，就应该明白事理。你现在是什么身份？是一国的国君夫人，一国的国母！国内所有妇女都要跟你学，都看着你！你要为人做表率，哪能够骄慢呢？更不能有那些邪僻的行为！所以你的容貌应该修整，别天天打扮得那么时尚，你就得端庄、大气才行！你看看你现在出来进去的，浓妆艳抹，穿的衣服追求时尚，花里胡哨。这不行！仆人们对你前呼后拥，就连你乘坐的马车都装饰得那么豪华，太奢侈了！你这是重色不重德，典型的奢侈淫逸！给老百姓起了什么带头作用？起了不好的表率了，我的姑娘！你看看你自己，其实长得多美呀。你舍弃这种浓妆艳服，厉行节俭、努力修身，你会更加美丽！不信，我作一首诗赠给你！"于是这位伟大的傅母就作了一首《硕人》，把女儿的美貌和尊贵大大地描绘了一番，拿给庄姜看。

庄姜听到母亲的教诫，又读到母亲写给自己的诗，深刻反思，反省了自己的言行举止，觉得自己这些日子，这种浓妆艳抹、奢侈淫逸真不行。打那之后，庄姜就舍弃了这种浓妆艳服，厉行节俭，努力修身，成就了千古以来无出其右的美女之美名。

【经典原文】

卫风·硕人

硕人①其颀②，衣③锦褧衣④。

齐侯之子，卫侯之妻。

东宫⑤之妹，邢侯⑥之姨⑦，

谭公⑧维⑨私⑩。

手如柔荑⑪，肤如凝脂，

领如蝤蛴⑫，齿如瓠犀⑬，螓首⑭蛾眉，

巧笑倩⑮兮，美目盼⑯兮。

硕人敖敖⑰，说⑱于农郊。

四牡⑲有骄⑳，朱幩㉑镳镳㉒，翟茀㉓以朝。

大夫夙退㉔，无使君劳。

河水洋洋，北流活活㉕。

施罛㉖濊濊㉗，鳣㉘鲔㉙发发㉚。

葭㉛菼㉜揭揭㉝，庶姜㉞孽孽㉟，

庶士有朅㊱。

【字词注释】

① 硕人：高大白胖的人，美人。当时以身材高大为美。

②颀（qí）：修长。

③衣：动词。穿衣。

④褧（jiǒng）：古时妇女出嫁时御风尘用的麻纱制成的罩衣。

⑤东宫：齐国太子（得臣）。

⑥邢侯：邢国国君。

⑦姨：古时男子对妻子的姐妹的称呼。

⑧谭公：谭国国君。

⑨维：是。

⑩私：古时女子对姐妹的丈夫的称呼。

⑪荑（tí）：初生的白茅之嫩芽。朱熹："言柔而白也。"

⑫蝤蛴（qiú qí）：天牛的幼虫，色白身长。

⑬瓠犀（hù xī）：瓠瓜子儿，色白，排列整齐。

⑭螓（qín）首：形容前额丰满开阔。螓，似蝉而小，头宽广方正。

⑮倩：笑靥美好的样子。

⑯盼：眼珠转动。

⑰敖敖：修长高大的样子。

⑱说（shuì）：通"税"，停车。

⑲四牡：驾车的四匹雄马。

⑳有骄：骄骄，强壮的样子。"有"是虚字，无义。

㉑朱幩（fén）：用红色绸布做成的垂在马嚼子两旁的饰物。

㉒镳（biāo）镳：盛美的样子。

㉓翟茀（dí fú）：车帘或车厢两边以雉羽为饰的车。翟，山鸡。

萹，车篷。

㉔ 夙退：早早退朝。

㉕ 活（guō）活：水流声。

㉖ 罛（gū）：大的渔网。

㉗ 濊（huò）濊：撒网入水的声音。

㉘ 鱣（zhān）：鳇鱼。一说赤鲤。

㉙ 鲔（wěi）：鲟鱼。一说鲤属。

㉚ 发（bō）发：鱼尾击水之声。一说盛貌。

㉛ 葭（jiā）：初生的芦苇。

㉜ 菼（tǎn）：初生的荻。

㉝ 揭揭：长长的样子。

㉞ 庶姜：指随嫁的姜姓众女。

㉟ 孽孽：高大的样子，或盛装打扮的样子。

㊱ 有朅（qiè）：勇武的样子。

【参考译文】

好个修美的女郎，麻纱罩衫锦绣裳。

她是齐侯的女儿，她是卫侯的新娘，

她是太子的胞妹，她是邢侯的小姨，

谭公是她的姐丈。

手如春荑般柔嫩，肤若凝脂多白润，

颈似蝤蛴白又长，齿若瓠子最齐顺，方正额头蛾眉长，
嫣然一笑酒窝深，眼波流转摄人魂。

好个美人身材长，车歇郊野农田旁。
四匹雄马多健壮，辔兜红绸随风扬，雉羽华车驶朝堂。
大夫快点让空档，上朝莫要劳君王。

黄河之水浩荡荡，滚滚波涛流北方。
下水鱼网哗哗响，戏水鱼儿游荡忙，
芦荻杆儿长又长。姜家婢女都盛装，
随从男士貌堂堂！

11

卫寡夫人

我心匪石，不可转也。我心匪席，不可卷也。

在《诗经》里有两首诗的名字都叫《柏舟》，一篇是《邶风》中的《柏舟》，另外一篇是《鄘风》中的《柏舟》。本篇说的是《邶风》中的《柏舟》。

这篇《柏舟》很有意思，怎么这么说呢？因为历代学者对这首诗的作者和写作背景争议不休，到现在尚无定论。也难怪，《诗经》离我们现在多少年了？每首诗歌到底是谁写的？谁能够记得清楚？那年代也没有什么版权意识，记录《诗经》的人听到这首诗不错，就给记录下来了，也没注明是谁写的。所以，这篇《柏舟》的作者是谁，可谓众说纷纭。主要有这么几种说法：

《鲁诗》认为这首诗是卫定公之妻所作。所谓《鲁诗》，就是汉初鲁人申培给《诗经》作的传。《鲁诗》就认为，这篇诗的作者是卫定公的夫人定姜。定姜这人很了不得，《列女传》上说她"聪明远识,丽于文辞"——又聪明又有远见,在文学写作上也有独到之处。所以《鲁诗》就说这首诗为定姜所作。

但是,同样是汉朝学者的刘向,编写了一本介绍古代妇女事迹的《列女传》,卷四《贞顺传》记载谨遵妇礼、忠贞不二的女子,其中就有一篇《卫寡夫人》,也说这首《柏舟》确实是卫国的一位国君夫人所作。但这位夫人是谁,书中没有记载,只是说这位夫人也是齐侯之女。那这位夫人肯定姓姜了,如果嫁给卫庄公那就是庄姜,如果嫁给卫定公就是定姜,但嫁给谁了,不知道。不知道是不知道,但记载还有个信息,就是卫国的国君要从齐国迎娶这位卫夫人,齐国这方面当然要送,把这卫夫人刚送到卫国的城门前,还没进门呢,卫国城内传来了噩耗,说这个卫国国君死了,也就是说两个人没有正式拜天地成亲,这位老公就没了。过去有个词叫"望门寡",这位夫人就成了望门寡了,看着门没进去,老公没了!

那既然没了,人家再回去呗,反正又没有成亲呢,过个一年半载的,再嫁人就是了。这从我们现在角度上来说,是很正常的。但过去不一样,过去的女子讲究贞节。怎么叫贞节呢?那讲究多了,什么"嫁鸡随鸡,嫁狗随狗,嫁个扁担抱着走",嫁给谁你就得一辈子跟着人家,人家死了你也得守寡。大家不要觉得好笑,这是人类发展过程中的一定时期,人的道德有一定的框框。我们现在觉得不以为然,但是过去就那样,是必须遵守的礼教规定。

那现在卫国国君死了，怎么办？卫寡夫人身边有一个保姆，就是老妈子，就劝她："咱可以回去。现在回去，不算失礼，没关系。"但这位卫寡夫人不听，仍然是迈步走进了卫国国门，坚持戴孝，给这位没见过面的老公戴了三年孝、守了三年丧。

可人家卫国不能老没国君。原来这个国君没儿子，你想想连夫人都没娶呢，哪儿生儿子去呀？只得把君位传给了自己的弟弟，成了新任卫国国君。三年丧期已满，他就找这个先国君的夫人也就是他嫂子去了。他就说："我们卫国是个小国，我们也不在乎那些。现在我哥哥死了，您又没真正嫁给我哥哥。这样吧，您干脆嫁给我吧，你还是卫国夫人，这多好。"但是被卫寡夫人给拒绝了："我嫁的就是你哥哥，我们俩是夫妻。他虽说死了，但是我永远不再嫁。"

这卫国国君一看，你怎么那么死心眼呢？得了，我找你娘家说去。于是遣使到了齐国，找到了卫寡夫人的哥哥、兄弟这些娘家人，把这事情一说："你看，我家国君想娶她，让她继续成为卫国夫人。这多好的事？她不干，你们劝劝她吧。"

卫寡夫人的娘家人当然愿意了。这样一来，我妹妹、我姐姐，还能成为卫国夫人，而且她也能够一生幸福，总比老守寡强。于是，派人到卫国去劝这卫寡夫人。但是怎么劝，这位卫寡夫人也不听，而且作了一首诗作答。这首诗就是《柏舟》。

这首诗的诗眼（一首诗里的点睛之笔），就是"我心匪石，不可转也。我心匪席，不可卷也"。我的心不比那石头，不能够让人随便地转动；我的心也不是那竹席，不能让人胡乱卷起。通过这样的比喻，表达了自己坚贞不渝的情怀。

但是，《毛诗序》说了：你们的说法都不对！《柏舟》这首诗不是女子写的，是男人写的！写的什么呢？写的是怀才不遇。说的是卫顷公时，真正有仁德的、有才华的人不得进用，卫顷公身边都是一帮子奸佞小人。这首诗就是当时一个怀才不遇的人写的。

南宋时期大儒朱熹写了本《监本诗经》，认为这首《柏舟》的作者非是旁人，就是咱们上篇所说的那位庄姜。这庄姜是中国历史上第一位女诗人，她不光写了《柏舟》，在《邶风》这个目录下，前五首诗都是庄姜所写。是这样吗？在下篇《绿衣》中接着说。

邶风·柏舟

泛^① 彼柏舟，亦泛其流。

耿耿^② 不寐，如有隐忧^③。

微^④ 我无酒，以敖以游。

我心匪鉴^⑤，不可以茹^⑥。

亦有兄弟，不可以据。

薄言^⑦ 往愬^⑧，逢彼之怒。

我心匪石，不可转也。

我心匪席，不可卷也。

威仪棣棣^⑨，不可选^⑩ 也。

忧心悄悄^⑪，愠^⑫ 于群小。

觏^⑬ 闵^⑭ 既多，受侮不少。

静言^⑮ 思之，寤^⑯ 辟^⑰ 有摽^⑱。

日居月诸^⑲，胡^⑳ 迭^㉑ 而微^㉒？

心之忧矣，如匪浣衣。

静言思之，不能奋飞。

【字词注释】

① 泛：浮行，漂流，随水冲走。

② 耿耿：《鲁诗》作"炯炯"，指眼睛明亮。一说形容心中不安。

③ 隐忧：深忧。

④ 微：非，不是。

⑤ 鉴：古铜器名。古人用"鉴"盛水以照影，战国后铜镜也称"鉴"。

⑥ 茹：容纳。

⑦ 薄言：语助词。

⑧ 愬（sù）：同"诉"，告诉。

⑨ 棣棣：雍容娴雅的样子。一说丰富盛多的样子。

⑩ 选：繁体字为"選"，通"巽"，软弱之意。

⑪ 悄悄：忧伤的样子。

⑫ 愠（yùn）：恼怒，怨恨。

⑬ 觏（gòu）：同"遘"，遭逢。

⑭ 闵（mǐn）：痛，指患难。朱熹："闵，病也。"

⑮ 静言：静静地。

⑯ 寤：交互。

⑰ 辟（pì）：通"擗"，捶胸。

⑱ 有摽：即"嘌嘌"，捶打。

⑲ 居、诸：语气助词。如同今天的"啊""呀"。

⑳ 胡：何。疑问词。

㉑ 迭：更替。

㉒ 微：指隐微无光。

柏木船儿荡悠悠，漂浮河中随波流。
圆睁双眼难入睡，多少烦恼在心头。
不是我这没好酒，姑且散心去漫游。

我心并非青铜镜，美丑善恶全能照，
我也有那亲兄弟，但是难以做依靠。
前去诉苦求安慰，逢他无名之火闹。

我心并非卵石圆，不能随便来滚转，
我心并非草席软，不能随意来收卷，
雍容娴雅有威仪，不能荏弱任欺瞒。

忧愁重重暗中气，遭到一群小人忌，
碰到苦难本就多，诸多凌辱还来欺。
静下心来想一想，猛拍胸膛难抒意。

太阳那个明月亮，为何变得没光芒？
不尽忧愁在心中，好似未洗脏衣裳，
静下心来想一想，不能插翅高飞翔。

12

庄姜失宠

我思古人，实获我心。

上篇我们讲了，历史上不少学者都认为庄姜是中国历史上
有记载的第一位女诗人，她写了很多诗，其中《诗经·邶风》前
五首都出自庄姜之手。持这种观点的人很多，尤其那位大儒朱熹
就持这种观点。拿上篇《柏舟》来说吧，他就说这首诗是"妇人
不得于其夫，故以柏舟自比，言以柏为舟，坚致牢实而不以乘
载，无所依薄，但泛然于水中而已"。什么意思呢？就说《柏舟》
反映的是一位妻子不受丈夫的喜欢，丈夫冷落她，她就以柏舟自
比。因为，用柏木做舟固然坚固、牢实，但用这种材料做的舟却
不能承重载物。这柏木舟在水里自己漂着，看上去像艘船，等你
真的跳上去，就会"咕噜"沉了。她拿此借喻，采用的是一种比
兴的手法。

这篇《绿衣》也是如此，同样采用了比兴的手法。据说作

者也是庄姜。庄姜不受卫庄公宠爱，失宠了，特别郁闷，就写了这首诗。

为什么庄姜失宠了呢？庄姜哪都好，我们说过，《硕人》描写她长得特别漂亮，长相非常完美。但有一点美中不足，跟卫庄公多年不生孩子。不能生育在那个宗法时代可了不得，就因为这一条，就能够把你这个正夫人给撤了。再加上卫庄公这个人特别迷恋女色，他身边不止庄姜夫人一个，还有其他妾妃。庄姜夫人老不生育，时间一长，这卫庄公就不待见她了，就冷落她了，转而迷恋其他妾妃去了。这让庄姜夫人觉得特别寒心，于是就作了这首《绿衣》。

因为绿色比黄色要艳丽，她就把卫庄公那些妃妾们比作绿色的盛装礼服，穿在身外面，很体面。而她自己就是黄衣服，黄衣服没那么漂亮，只能做衬衣、衣裙，只能穿在里面，只能穿在下面。她拿这首诗来暗喻。

这首诗能从这个角度上加以解读，所以朱熹就认为这首诗是庄姜写的。但是很多的学者，或者说现在大多数学者都反对朱熹的说法，认为这首诗就是一个丈夫在怀念故去妻子的一首悼亡诗，跟这庄姜根本就不搭界。那到底是不是庄姜所写的呢？交给大家来评判吧。

邶风·绿衣

绿兮衣兮①，绿衣黄里②。

心之忧矣，曷③维④其已⑤？

绿兮衣兮，绿衣黄裳。

心之忧矣，曷维其亡⑥？

绿兮丝兮，女⑦所治⑧兮。

我思古人⑨，俾⑩无訧⑪兮。

絺⑫兮绤⑬兮，凄其⑭以⑮风。

我思古人，实获我心。

【字词注释】

① 绿兮衣兮：即"绿衣兮"。

② 黄里：一作"黄裹"，指在衣内的是黄裳。闻一多《诗经通
义》："此里，谓在里之衣，即裳。"

③ 曷（hé）：何，怎么。

④ 维：有。一说语气助词，没有实际意义。

⑤ 已：止息，停止。

⑥ 亡：止。王引之《经义述闻》："犹已也。"

⑦ 女（rǔ）：同"汝"，你。

⑧ 治：纺织。

⑨ 古人：故人。古，通"故"。

⑩ 俾（bǐ）：使。

⑪ 訧（yóu）：古同"尤"。过失，罪过。

⑫ 絺（chī）：细葛布。

⑬ 绤（xì）：粗葛布。

⑭ 凄其：同"凄凄"。凉的样子。

⑮ 以：因。一说通"似"，像。

【参考译文】

绿衣服啊绿衣服，绿衣在外面，黄衣在里面，
妻妾颠倒，特别凄惨。这种失宠，何其绵绵。

绿衣服啊绿衣服，绿色的上衣，黄色的下裙，
妻妾颠倒，令人何其销魂，这种失宠，何时才能止尽。

绿衣服啊绿衣服，宠妃爱妾迷了你的魂，
我想起了古代圣贤帝君，没有一个像你这样的人。

细葛布啊粗葛布，冷了都能把风堵，
我想起古代圣贤君，他们确实能够征服我的心。

13

庄姜送别

燕燕于飞，差池其羽。之子于归，

远送于野。瞻望弗及，泣涕如雨。

　　《燕燕》是首送别诗，这是无疑的。但谁送谁呢？下面就先讲个故事。

　　这个故事还是跟庄姜有关。很多学者都认为《邶风》前五首诗都是庄姜所写，所以这个故事自然跟庄姜又有关系了。前几篇已经说过，庄姜是卫庄公的夫人，长得特别漂亮，但是美中不足的是无子，跟随庄公那么多年，没生下一儿半女。后来，卫庄公又娶了一个妃子，乃是陈国国君之女厉妫，这个厉妫长得也不错。但是，这厉妫也不生育，好几年也没生孩子。后来，卫庄公一着急，又把厉妫的妹妹戴妫给娶来了。戴妫跟卫庄公成亲之后，为卫庄公生下两个儿子，把卫庄公给乐坏了，大儿子取名姬完，二儿子取名姬晋。

正夫人庄姜这个人性情非常好，看到戴妫生了俩儿子也不妒忌，就跟戴妫商量：你把你的长子过继给我得了，算我的儿子了。就这么着，庄姜把戴妫的长子姬完就过继到自己膝下来了，也就是说姬完打小是跟着庄姜长大。那把人家孩子给要来了，戴妫能乐意吗？乐意，怎么不乐意？咱老是强调那个时候，中国是宗法社会。什么叫宗法社会？一个家庭也好，一个国家也好，如果是做父亲的要死了，这个家产留给谁？现在好说了，第一继承人有几个，有五个分五块，有两个分两块。但过去不一样，家产大部分都归嫡长子所有。什么叫嫡长子？大老婆生的叫嫡子，大老婆生的大儿子叫嫡长子。剩下那些小妾（小老婆）所生的孩子都叫庶子，庶子没有资格继承家产。所以，戴妫无论怎么受卫庄公的喜爱，她的孩子永远是庶子。但是把这庶子过继到正夫人那里，就转正了，这孩子就成嫡长子了，以后君位得先传给他，那当娘的能不高兴吗？

但没想到出意外了。这时，卫庄公又喜欢上了一个宫女，这个宫女又给卫庄公产下一子，起名叫州吁。卫庄公非常喜爱州吁，视为掌上明珠，捧到手里怕飞了，含到嘴里怕化了，要星星不敢给月亮。结果这么一溺爱，就把这孩子给溺爱坏了，养了一身坏毛病，从小就爱舞枪弄棒、暴戾好武，非常暴躁！经常用武力去欺压良善，交一些狐朋狗友，在街头横行霸道。庄姜对此非常厌恶，好几次向卫庄公反映这个情况，可是卫庄公对此丝毫不予理会，任由儿子在街上横行。卫庄公十八年（前740），卫庄

公任命公子州吁为将。大夫石碏劝谏他，认为一旦让州吁掌握兵权，容易给他作乱的机会。卫庄公不听。

后来，卫庄公死了，就把卫国国君之位传给了自己的大儿子，也就是庄姜收养的姬完，这就是历史上的卫桓公。卫桓公二年（前733），因州吁骄横奢侈，卫桓公就免了州吁的军职，州吁见势不妙，便出国逃亡。但是，州吁对君位早已经垂涎三尺，为了夺取君位，他内外勾结，伺机而动。卫桓公十六年（前719），州吁联合逃亡在外的卫国流民，袭击并杀害卫桓公，自立为君。

这下子，卫国大乱。戴妫的二儿子姬晋一听自己的哥哥被州吁给杀了，怕州吁对自己不利，赶紧跑到其他诸侯国去避难去了。

史学家就把这一事件称之为"州吁之乱"。为什么乱？这就是卫庄公教子无方，把这孩子养成了一个骄奢淫逸样样通的人，那必然会走向这条道路。

这个时候，戴妫一看自己的大儿子姬完被杀死了，二儿子逃亡外国，自己再在卫国待着，有生命之忧，这州吁也不会让自己在卫国再待下去，被逼无奈，只得回归陈国。

庄姜面对卫国这种形势，虽然痛心疾首，但是无力回天。看到戴妫要回陈国，庄姜前去送别。送别之时，她就作了这一首《燕燕》诗。

当然，和其他诗一样，学界对这首诗背后的故事历来也说法不一，但这个说法算是一个比较主流的说法吧。

邶风·燕燕

燕燕^①于^②飞，差池^③其羽。

之子于归，远送于野。

瞻望弗^④及，泣涕如雨。

燕燕于飞，颉之颃之^⑤。

之子于归，远于^⑥将^⑦之。

瞻望弗及，伫^⑧立以泣。

燕燕于飞，下上其音。

之子于归，远送于南^⑨。

瞻望弗及，实劳我心。

仲^⑩氏任^⑪只^⑫，其心塞^⑬渊^⑭。

终^⑮温且惠^⑯，淑^⑰慎^⑱其身。

先君之思，以勖^⑲寡人。

【字词注释】

① 燕燕：即"燕子燕子"。

② 于：在。

③ 差池（cī chí）：义同"参差"，指燕尾长短不齐。一说指燕子

张舒其尾翼。

④ 弗：不能。

⑤ 颉（jié）之颃（háng）之：即颉颃之。《毛传》："飞而上曰颉，飞而下曰颃。"

⑥ 于：往。

⑦ 将（jiāng）：送。

⑧ 伫（zhù）：久立等待。

⑨ 南：通"林"，也读作林。远郊。

⑩ 仲：兄弟或姐妹中排行第二者。

⑪ 任：信任。

⑫ 只：语气词。

⑬ 塞（sè）：诚实。

⑭ 渊：深厚。

⑮ 终：既。

⑯ 惠：和顺。

⑰ 淑：善良。

⑱ 慎：谨慎。

⑲ 勖（xù）：勉励。

【参考译文】

燕儿燕儿飞天上，参差展翅在翱翔。

妹子今日去远方，相送郊外大路旁。

分别直到望不见，泪流满面如雨降。

燕儿燕儿飞天上，忽上忽下飞翔忙。
妹子今日去远方，相送不嫌路途长。
分别直到望不见，伫立那儿泪汪汪。

燕儿燕儿飞天上，上上下下在鸣唱。
妹子今日去远方，相送野外荒原上。
分别直到望不见，实在使我心悲伤。

二妹诚信又稳当，心地厚道又深广。
既温柔来又和顺，为人谨慎又善良。
嘱我时常念先君，勉励新主图国强。

14

州吁之乱

终风且暴，顾我则笑，谑浪笑敖，中心是悼。

公元前 735 年，在位 23 年的卫庄公薨（诸侯死叫薨）了。卫庄公死后，作为嫡子的公子完继承君位，这就是历史上的卫桓公。但是，卫桓公生性懦弱，统治国家的手腕特别的软。这么一来就让那些野心家看到了机会。

谁是野心家？姬完同父异母的一个弟弟州吁。这个州吁特别受他父亲卫庄公的宠爱，从小被溺爱坏了，养成了霸道、暴戾的性格。州吁一看爹也死了，当君主的哥哥是个软柿子，得了！更没人管我了。这州吁更加肆无忌惮、横行霸道，今天惹个事儿，明天捅个娄子。没捅几天，卫桓公就对这个弟弟有点看不惯了：你现在没父亲罩着你了，怎么还这样干呢？你哥我现在是国君，我连你也管不了？于是卫桓公就趁着州吁又捅了娄子，把他拉到身边训斥一番，找了一个罪名把他撤职查办了。这下子，州吁就对国君哥哥怀恨在心了，一怒之下出国流亡。

州吁心说话：要不是咱爹的夫人那庄姜把你收在膝下，你成了嫡长子了，成了国君的合法继承人了，或许现在的国君就是我的，哪轮得到你？你看看你现在一朝权在手，成国君了，就不把你弟弟我放在眼里了。就连咱爹都从来没对我的所作所为指责过，你算干什么的呀？好，现在你为君我为臣，我不能够怎么样。早早晚晚有那么一天，我做了卫国的国君，我要尔的性命！就这样，州吁在背地里就开始做准备了。十几年后，州吁还真找了个机会，亲手暗算了自己的哥哥卫桓公，夺了卫国的国君大位，这叫弑君夺位，可以说是罪大恶极。卫桓公是春秋时期第一位遭到弑杀的国君，从此臣子弑君成为惯例。

卫桓公十六年（前719）二月，州吁踏着自己哥哥的血泊，如愿以偿地坐上了卫国的君位。但虽然坐上了，毕竟这个君权是杀兄夺的，外面的老百姓这舆论就起来了，传得是纷纷扬扬："听说了吗？咱现在这位新国君，那是把自己兄长给杀死了，他登基坐殿的，他算什么玩意儿！""听说了！据说这位国君就是当年在街上横行霸道、欺压民众的那位公子州吁！""是吗？我的天哪，听说这个州吁好兵喜武。""那可不，咱老百姓可就遭殃了！""那怎么办？""忍着吧……"议论纷纷。

这些议论就传到州吁耳朵眼里了。他有点坐不住了：这老百姓都不支持我，朝野上下议论纷纷，那我该怎么办？怎么才能消除老百姓对我的议论，我怎么才能在老百姓当中树立我的威严？他这么一琢磨，得了，这么着吧，咱对外开战，我打别的国家去！这么一打仗，有外部矛盾了，我们国家的内部矛盾自然就成了次要矛盾了，老百姓自然要以卫国的国事为重，大家得一致对外。我要是把外国给灭了或者给侵占了，我不仅能够立威于邻国，而且还能够在老百姓当中建立我的威严，让他们也瞧瞧，他们的君主那是不好惹的！

州吁在流亡国外期间，结识了那位因率兵作乱而被自己的国君哥哥郑庄公赶出国门的共叔段。这时候自己篡位成功了，州吁就想替共叔段攻打郑国。于是州吁纠集了陈国、蔡国、宋国，加上他们卫国，结成了五国联军，共有甲车一千三百乘，浩浩荡荡，兵发郑国。中原大战爆发了！

不过州吁见好就收，联军包围郑国都城的东门，五天后就撤军而回。但即使如此，国内百姓一看他耀武扬威，一副还要四处挑衅的样子，更不服州吁了！那仗都打了，他们还不服，怎么办？这个时候，有人就告诉州吁："你干脆请教老大夫石碏去吧。他足智多谋，应该能给你出主意。"于是，州吁就向石碏问计。

石碏给州吁出了个主意：你这刚即位了，连朝拜周天子都没朝拜一回，你得先去朝拜周天子。周天子一高兴，他亲自任命你为卫国的国君，你这不就名副其实了吗？老百姓自然就服你了。州吁觉得这个计策不错。

但是，这个时候又有人说了：周王对咱们国君印象不好，如果贸然前去的话，万一产生什么厌恶之心，就不给咱们国君正名，这样一来，这政府公关不就变成公关危机了吗？咱是不是先铺垫一下，先找跟周王关系比较好的去见周王，给咱们国君说一说人情、说几句好话，让周王心中有咱们国君，对咱们国君产生好的印象？然后，咱们国君再到雒邑去朝拜周王。这么一来，接下来的事情就顺理成章了。

石碏一听：你说得太对了，我已经给你们物色了一个人选了，谁呀？陈侯，就是陈国国君陈桓公。你们去拜见他。陈侯忠顺于周王，和周王关系特别好，每次上大朝，他第一个先到，关系特别密切。所以，你去跟这陈桓公拉拉关系。

州吁一听，太好了！马上带人到了陈国。这下子中计了！怎么？敢情石碏跟人家陈桓公定好了计策了。州吁也不琢磨琢磨陈桓公是谁，那是被他杀死的卫桓公的母亲戴妫的娘家人，也就是说，陈桓公是人家卫桓公的亲舅舅。你把人家外甥杀了，你还想让人家舅舅给你说好话？结果到陈国，就被陈桓公逮住给宰了。

那么今天这个故事，跟这首《终风》有什么关系呢？有关系。咱说了，州吁当政期间特别暴戾，他对别人暴戾，对庄姜也暴戾。所以《毛诗序》上认为："《终风》，卫庄姜伤己也。"这首诗是庄姜自我伤感而作。为什么伤感？"遭州吁之暴，见侮慢而不能正也。"州吁对她不敬重，她遭到了州吁的暴虐对待，所以庄姜就写了这首诗以诉情怀。南宋大儒朱熹也持这个观点。当然了，也有人认为这首诗只不过是一位当时的女子遭到了一个男人的遗弃之后，控诉对方对自己没有情意的一首怨诗。

【经典原文】

邶风·终风

终^①风且暴^②，顾我则笑，

谑浪笑敖^③，中心^④是悼^⑤。

终风且霾，惠^⑥然肯来，

莫往莫来，悠悠^⑦我思。

终风且曀^⑧，不日^⑨有^⑩曀，

寤^⑪言^⑫不寐^⑬，愿^⑭言则嚏^⑮。

曀曀^⑯其阴，虺虺^⑰其雷，

寤言不寐，愿言则怀^⑱。

【字词注释】

① 终：一说终日。一说既。

② 暴：一说急雨。一说暴雷。从末章"虺虺其雷"来看，释
"雷"较善。

③ 谑浪笑敖：戏谑。浪，放荡。敖，放纵。谑浪，放荡的调戏。
笑敖，放纵地取笑。

④ 中心：心中。

⑤ 是悼：悼是。悼，悲伤，一说害怕。

【经典原文】

邶风·终风

终[1]风且暴[2]，顾我则笑，

谑浪笑敖[3]，中心[4]是悼[5]。

终风且霾，惠[6]然肯来，

莫往莫来，悠悠[7]我思。

终风且曀[8]，不日[9]有[10]曀，

寤[11]言[12]不寐[13]，愿[14]言则嚏[15]。

曀曀[16]其阴，虺虺[17]其雷，

寤言不寐，愿言则怀[18]。

【字词注释】

① 终：一说终日。一说既。

② 暴：一说急雨。一说暴雷。从末章"虺虺其雷"来看，释
"雷"较善。

③ 谑浪笑敖：戏谑。浪，放荡。敖，放纵。谑浪，放荡的调戏。
笑敖，放纵地取笑。

④ 中心：心中。

⑤ 是悼：悼是。悼，悲伤，一说害怕。

⑥ 惠：赐。有求于人的敬语。

⑦ 悠悠：忧思的样子。

⑧ 曀（yì）：日光被遮而阴暗。

⑨ 不日：不见太阳。一说不久。

⑩ 有：同"又"。

⑪ 寤：醒着。

⑫ 言：助词，无实义。一说同"而"。

⑬ 寐：睡着。

⑭ 愿：思念。

⑮ 嚏（tì）：打喷嚏。中国民间认为无故打喷嚏，是有人在想念
   当事人。

⑯ 曀曀：天色阴暗的样子。

⑰ 虺（huī）：雷声。

⑱ 怀：思念。

【参考译文】

风儿吹，风儿暴，见到我则嘻嘻笑，
浪荡轻狂来调戏，让人伤心又害臊。

风儿吹，沙尘扬，有时温柔到身旁。
要是不来也不往，我却常常把他想。

风儿吹，日无光，太阳刚出又遮藏。
一梦醒来难再梦，愿他喷嚏知我想。

阴沉沉，天暗暗，轰轰雷声伴闪电。
一梦醒来难再眠，愿他悔悟把我念。

15

父纳子媳

燕婉之求，得此戚施。

公元前 719 年的九月，卫国的老大夫石碏联合陈国国君，杀死了那位杀兄夺位的州吁。之后，拥立公子晋做了卫国的国君，这就是历史上的卫宣公。

石碏原以为废掉州吁，是废了一个残暴之人，这是卫国的大幸。可他哪里知道，这个立起来的公子晋，敢情从品德上还不如州吁呢。这个人淫纵不检，就是荒淫无度不检点。怎么荒淫无度不检点了呢？有一个事情就能充分说明。

卫宣公的父亲就是卫庄公。卫庄公当年从齐国娶了一个小老婆被人称作夷姜。可能有人问了，怎么都是"姜"啊？咱们曾经介绍过，在春秋初期，中原大地上流行一句话叫"岂其取妻，必齐之姜"（《诗经·陈风·衡门》），什么意思？跟绕口号似的。其实这句话从侧面上反映了当时这些诸侯联姻的一个有趣的情形，就是大家都好从齐国娶美女。敢情那个时候齐国出美女！那当然了，到现在山东也是个美女大省。那个时候齐国尤其是齐国王室姜氏因出美女而著称，当时的一些上流社会男子都以迎娶齐国姜家的女子为人生最大的乐事。于是，这个卫宣公也赶潮流，也从齐国娶来了一个妾，不是正夫人是个姬妾，这就是夷姜。

这个夷姜长得太美了，结果就被公子晋给看上了，背着他爹不知道，就跟夷姜私通。结果，夷姜还真就为公子晋生下一个男孩。那不敢养在宫里头，于是就偷偷地抱到宫外，寄养于民间。给这孩子起个什么名？因为这个孩子来急了，干脆就给他起个名叫急（也作"伋"），大名就叫姬急，也被称作急子。

到了后来，卫宣公即位了，就把夷姜直接接到了宫里，而且对夷姜非常宠幸。当然了，他也把他的儿子姬急从民间给接过来了，立其为嗣，做了世子。

就这么着，一年又一年，急子就长大成人了，已经十六了，在当时，就应该婚配了。上哪求婚？还是那句话，"必齐之姜"嘛。去齐国吧。一打听，这齐僖公还真就有两个国色天香的女儿。但是小女儿太小了，那就聘长女吧。当然了，这个时候还不能称她为宣姜，因为这个宣是谥号，是后人称的。但是为了说明白，咱们就从这里开始叫她宣姜。

宣姜被接到卫国，迎亲的使者爱拍马屁，赶紧向卫宣公禀告："主公，您看看去吧，这次从齐国接来的齐侯之女，长得简直比那花儿还诱人，可以说是绝色的美女！我看您老人家干脆自己就留着吧！"敢这么说吗？反正话里头就透出了这个意思吧。

这卫宣公是个老色鬼。"是吗？那我可得看看！"他马上派人就把姜氏给带来了。卫宣公在偏殿偷偷这么一看，当时就给迷住了，看得眼睛都直了，哈喇子流出多长来：这么一个美人儿，我给我儿子干吗？干脆我娶了吧！你说这卫宣公什么人？可以说他上欺庶母、下纳儿媳，简直是有悖人伦。但他不管那一套，把原本为儿子急子娶的媳妇，他给娶了。而且招来了很多的能工巧匠，在淇水上就建了一座高台。这座高台建得是朱栏画栋，重宫复室，极其华丽，他给这座高台取名"新台"。然后就在这"新台"之上举办了婚礼。

等入了洞房了，这位宣公把宣姜的盖头往上一揭，宣姜一看面前这个人，顿时傻眼了。怎么着？我不是要嫁这卫国的世子吗？据说这位世子今年才十六七岁。怎么世子变老头了？你看这老头，胡子都花白了。这才知道上当了，但知道也晚了！

后来，这件事就传扬出去了，可以说成了当时的一大丑闻。"父纳子媳"，可以说是天理不容！有那些老百姓就专门作了一首诗讽刺卫宣公淫乱之事。这首诗记录在《诗经》中，就是这首《新台》。这诗写得太辛辣了，把卫宣公比成一个癞蛤蟆了。总而言之，《新台》这首诗表明了姜氏的心情：本来想在卫国寻找一个年轻漂亮的王子，哪料到王子变青蛙了。

可这件事情到此仍没结束，由这场悲剧又引发了后来的一系列悲剧，咱们下篇再说。

邶风·新台

新台^①有^②泚^③，河^④水瀰瀰^⑤。

燕婉^⑥之求，蘧篨^⑦不鲜^⑧。

新台有洒^⑨，河水浼浼^⑩。

燕婉之求，蘧篨不殄^⑪。

鱼网之设，鸿则离之^⑫。

燕婉之求，得此戚施^⑬。

【字词注释】

① 新台：台名。当时新建的台，故称新台。故址在今山东省甄城县黄河北岸。

② 有：语助词，做形容词词头，无实义。

③ 泚（cǐ）：鲜明的样子。

④ 河：指黄河。

⑤ 瀰（mí）瀰：水盛大的样子。有版本作"浓浓"。

⑥ 燕婉：欢乐美好的样子。指夫妇和好。

⑦ 蘧篨（qú chú）：即"居诸"，指癞蛤蟆一类的东西。一首不能俯者。古代钟鼓架下兽形的柎，其兽似豸，蹲其后足，以前足据持其身，仰首不能俯视。喻身有残疾不能俯视之人，

此处讥讽卫宣公年老体衰、腰脊僵硬的样子。一说围粮囤的竹席，以比鸡胸。

⑧ 鲜（xiǎn）：善，美。一说少，指年少。

⑨ 洒（cuǐ）：一说古音（xiǎn）。高峻的样子。

⑩ 浼（měi）浼：一说古音（mǎn mǎn）。水盛大的样子。

⑪ 殄（tiǎn）：通"腆"，善。丰厚，美好。

⑫ 鱼网之设，鸿则离之：此句为兴句，兴而有比。网是打鱼的，却打到了癞蛤蟆。比喻美女嫁丑男，想嫁个如意郎君，却嫁给了一个癞蛤蟆似的驼背老翁。鸿，即癞蛤蟆。一说天鹅。离，通"罹"。遭遇不幸。一说离通"丽"，附着，遭遇。

⑬ 戚施：蟾蜍，蛤蟆，其四足据地，无须，不能仰视，喻貌丑驼背之人。一说指驼背。古称八疾之一。

【参考译文】

新台金碧辉煌，黄河浩浩漫漫，
想嫁给一个英俊的少年，
却碰上了一个丑陋的癞蛤蟆。

新台高高耸立，黄河平平汤汤，
想嫁给一个英俊的少年，
却碰上了一个丑陋的癞蛤蟆。

布下了渔网捞金鱼，
哪想到却捞起了一个癞蛤蟆。
想嫁一个英俊的少年，
却得到的是这个癞蛤蟆。

16

二子乘舟

二子乘舟，泛泛其景。

《二子乘舟》这首诗正是上篇《新台》那首诗的续篇。卫宣公昏淫无道，把给儿子急子娶的媳妇给纳了，这叫"父纳子媳"，违背人伦。但是，毕竟他是君主，他愿意怎么做怎么做。再加上急子天性宽厚，说宽厚好听，说不好听的话，这位有点窝囊，什么事都不敢出头，虽然说自己有点冤，但是毕竟父亲做的这事，能怎么办？只得装作根本没往心里去。打这之后，见到宣姜，仍然规规矩矩以母子之礼相见。他算是没辙了。

再说卫宣公，得到宣姜之后，在新台之上一晃就住了三年。三年期间和这宣姜连生二子，长子叫姬寿，次子叫姬朔，这下子，真正的悲剧就开始了。

要说宣姜到底喜欢不喜欢卫宣公？这个谁也不知道。但是，她绝对喜欢自己的孩子，对俩儿子倾注了全部的爱。谁不想让自己的儿子成为卫国未来的国君？所以她就经常给卫宣公吹枕头风："干脆把现在的世子急子给废了，换咱们的大儿子姬寿，让他当世子。姬寿多聪明啊，比他哥哥强多了！"吹来吹去把卫宣公给吹活动了。卫宣公本来就是个喜新厌旧之人，现在根本就不喜欢夷姜和急子了，如果让姬寿去替换急子也不错。但是，要说把世子废了，在当时可是国体大事，不是上嘴皮一碰下嘴皮就给废了。人家世子生性宽厚仁慈，没有过错，你没有理由废掉，你若废他大臣们也不乐意。怎么办？卫宣公只得把自己跟宣姜所生的大儿子公子姬寿托付给一个老臣，让他好生辅佐。早早晚晚我找机会，把急子给废掉，让姬寿当世子。

但是没想到，姬寿天性孝友，这个人很不错，尤其跟大哥急子两人关系特别好。打小姬寿就是急子带着长大的。所以，姬寿和急子虽说不是一母所生，但就像是一奶同胞一样。他坚决不同意父亲废自己哥哥，把自己立为世子。他为自己哥哥打抱不平，经常在父母面前替急子说话。

但是，他那个二弟也就是姬朔，虽然和这姬寿是一母所生，贤愚是迥然不同。你别看年岁小，天生狡猾，一肚子弯弯绕儿、一肚子坏水。再加上宣姜对他宠爱至极，姬朔早就有夺世子之心了。他私底下做了很多准备，收买了很多的亡命之徒，一旦有机会，要先杀急子，后杀自己的亲哥哥姬寿。连亲哥都不要了？是呀，在那个年代，为了权力，有些人谁都可以牺牲。

但事有缓急，现在得先除急子。怎么除呢？姬朔天天在他母亲面前分析当前形势："母亲，你看看，我爹现在是对咱们娘几个不错。但你别忘了，我爹多大年数了？他一旦有个山高路远的时候，那这个君主肯定要传给急子。急子要是登基做了国君，他娘夷姜就成了国母了。你别忘了，夷姜被你夺了宠，心怀激愤。等到了急子做了国君，她成了国母，反过来肯定要杀咱们母子。到那个时候，咱们就死无葬身之地了！"他整天说，说得宣姜心慌意乱的：对呀！我得想方设法，先把这急子给除掉。

于是，宣姜就天天在卫宣公耳朵边吹枕头风，说："这个急子现在都发出话来了。等到他登了基，要拿我们娘儿几个开刀。你看看怎么办？"天天说天天说，最后说的卫宣公也烦了：看来急子要是没说过这些话，怎么我这妾老是跟我说？看来肯定他说了！看来，我只有杀死急子，才能保得我们卫国以后不致发生动荡。那么怎么杀人家？杀之无名。如我现在把急子给杀了，恐怕国人对自己要有所议论。看来，要杀急子必须假手他人，就是说来个借刀杀人，让别人把这急子给杀了。那样一来，不是我这当爹的杀我儿子，就可以掩人耳目了。那么，怎么施行呢？

恰恰在这个时候，齐国的齐僖公各处约兵，要伐纪国，邀请函也发到了卫国，要联卫伐纪。卫宣公也点头了，打发齐使回去之后，就招来了姬朔，与姬朔一起策划了一个杀急子的方案。"先派急子拿着我给的白旄使节，代表咱们卫国出使齐国，和齐国定一下出师时间。他出使齐国得水路，走到莘（shēn）野这个地方就必须弃舟登岸。你母亲不是很恨急子吗？你就在这个地方安排一下。这样一来，他必不做准备。你听明白了没？"卫宣公可没说明话，但跟说差不多，他的意思就是让姬朔在莘野这个地方安排杀手，除掉急子！

姬朔太高兴了，回去之后就把自己家养的那些杀手都叫出来了，让他们装扮成强盗，埋伏在莘野，吩咐道："只要见到有人打着白旄使节的，你们就一起动手把他给杀了。把那白旄使节给拿来，以白旄复命，我自有重赏！"这些杀手领命走了。

姬朔处分已定，回到后宫见到母亲宣姜，就把事情经过说了一遍："这一下，急子必死无疑！"宣姜高兴坏了，夸奖了一番姬朔。姬朔回去了。

他前脚一走，后脚姬寿就来了。姬寿是来探望看母亲的。宣姜一高兴，就把这事给姬寿说了。姬寿一听，当时脑袋"嗡"的一声。有心找父亲劝谏几句，但一琢磨：此计已成，谏之无益，我就是劝，恐怕也于事无补，干脆给我哥哥透露消息去吧。

于是，姬寿就找到了姬急，劝道："此去莘野，多凶少吉。您现在被别人盯上了。您再在卫国待下去，恐怕性命难保，赶紧出奔他国，别作良图！您走吧，别在卫国了，也别去齐国了。"

可怎么劝，急子也不听。这急子还拧，说："既然父亲让我这么做了，我做儿子的不能够违背父命，违背父命这是不孝的。就算有人杀我，那也是天意！"就这位还愚孝，明知山有虎，偏上虎行，不听从弟弟的劝谏，毅然走上不归路！

姬寿一看，劝不动哥哥，怎么办？他想了个主意。第二天，急子上路时，姬寿就在哥哥船上了备了一桌酒席，与兄长道别。

二子乘舟，兄弟二人坐在一起，喝着杯中酒，彼此谈论着自己的心事。这哥俩确实非常要好，谈到伤心之处，急子放声痛哭，姬寿也陪着噼里啪啦掉眼泪。不仅如此，姬寿还不停地给哥哥敬酒。急子是来者不拒，敬一杯干一杯，结果被姬寿给灌醉了。

灌醉哥哥之后，姬寿把哥哥出使齐国的白旄使节抓在手中，然后另乘一条船，就来到了莘野。刚想弃舟登岸，莘野岸边早已经埋伏下姬朔的那些杀手了，一看来了一条船，船上一个人，手里拿着白旄使节，甭问，这就是急子！你倒看清楚了，没看！"噌噌噌……"蹦出来一刀就把姬寿人头砍下了。

杀手们乐坏了，赶紧把人头装在匣内，回去领赏去！他们乘船抱着姬寿的人头往回走，可半道之上又碰到了一艘快船。这艘船在水上迎面过来了，船上站了一人。谁呀？正是急子。

原来，急子酒醒后，揉揉眼睛一看："我弟弟呢？"随从说："您弟弟拿着您的使节走了。"当时急子泪如雨下，知道兄弟这是要代我去死！"快！快！快！快开船！不然的话，恐误杀吾弟也！"他吩咐一声，催舟而行。他真急了，明明知道在莘野可能有埋伏好的杀手，对自己不利，但是现在弟弟替自己去了，生怕他们把弟弟误杀了呀。他连连催舟："快走！快走！"结果在半道之上，就碰到了返程的杀手。

杀手一看，怎么又来一位？急子说："我是急子，你们见到我弟弟姬寿了吗？他手里拿着白旄使节。"

"啊？"杀手一听，"合着我们杀错了？"

"什么？"急子一听，"你们把我兄弟给杀了？"

"可不杀了嘛。"杀手打开了匣子。急子往匣中一看，正是自己兄弟的人头。杀手可没主意了："这可怎么办？姬朔让我们杀急子，结果把姬朔的亲哥哥给杀了，这该怎么交差？"

急子说了："你们把我兄弟都杀了，干脆也给我一刀，拿着我的脑袋去交差吧！"

"对！把他也杀了！"杀手过来"咔嚓"一刀，把急子也给杀了，把人头又换个匣子盛好了。

回来见到姬朔，把白旄使节和两颗人头一献。

姬朔一看："怎么俩脑袋？"

这些杀手全跪下了。"公子爷，我们对不起您，是这么这么回事……"就把事情经过述说一遍，"您看，我们误杀了您的亲哥哥，我们也不要赏钱了，您别怪罪我们就行。"

姬朔闻听，哈哈大笑："你们杀得好！"怎么呢？这下子就再也没人跟我争夺世子之位了。姬朔心说：你说说我这哥哥蠢不蠢，傻不傻？兄弟两个人争死，真是亘古未之事！

他觉得这事不可思议，老百姓更觉得这事不可思议。大家都感叹这兄弟二人争死之事。有很多老百姓都挂念急子的好处，都念着公子寿的仁慈，虽然两个公子都死了，但老百姓依然很怀念他们。一些民间艺术家就作了一首诗来思念他们，这就是《二子乘舟》。世人不敢明言，但以追想乘舟之人，寄悲思之情。

【经典原文】

邶风·二子乘舟

二子乘舟，泛泛①其景②。

愿③言思子，中心养养④！

二子乘舟，泛泛其⑤逝⑥。

愿言思子，不瑕⑦有害！

【字词注释】

① 泛泛：漂流的样子。

② 景：通"憬"，远行的样子。闻一多《诗经通义》："景读为'迥'，言漂流渐远也。"

③ 愿：思念。一说每每。

④ 养（yáng）养："恙恙"的借字，忧愁不安的样子。

⑤ 其：助词。用以足句。

⑥ 逝：往。

⑦ 瑕：训"胡"，通"无"。"不瑕"即"不无"，疑惑、揣测之词。一说通"遐"。

【参考译文】

二子同乘船，飘荡向天边。

常把你们念，心忧意难安。

二子同乘船，消失在天边。

常把你们念，莫非有祸端？

17

高克溃师

清人在彭，驷介旁旁。

春秋时期，中原一带有两个国家，一个是郑国，一个是卫国，卫国在黄河以北，郑国在黄河以南，两国隔河相望。相对来说，卫国的国力比较弱，所以经常遭受北方一个叫赤狄的少数民族的侵扰，弄得黄河沿岸警报不断。卫国老是闹警报，弄得郑国也人心惶惶，尤其是郑国国君郑文公，他老是担心：万一哪一天，卫国抵挡不住了，赤狄趁机再把战火烧到我国边境，这不就麻烦了吗。我国在黄河沿岸有三座重镇，对保护国土非常紧要。哪三座重镇？一座叫彭，一座叫消，一座叫轴。我得派一员大将统兵带队前去镇守，防止赤狄渡河南侵。

要说郑文公这个想法特别正确，加强边境国防，更能保卫国家安全。但，正确的事，你得交给正确人去办。国防安全那还了得吗？边防重镇，你得派一个得力干将前去镇守。但是郑文公则不然，脑子进水了。怎么呢？敢情当时在郑国，有一个大夫叫高克，这个人也不知道为什么，郑文公老看不上、老腻歪他、讨厌他，但是说要治他的罪吧，人家也没有什么罪，怎么办？就这么一个讨厌的脸，天天在我面前晃荡，让我天天不开心。得了！我干脆把这高克赶走，让他统兵带队去给我镇守彭、消、轴这三个重镇去。这样一来，这个人就远离我的国都了，我就见不着他了，我也用不着恶心他了，那么我每天心情就舒畅了。对，就这么一个主意！于是，郑文公就把高克打发到了边境去镇守彭、消、轴三个重镇，防止赤狄渡河南侵。

高克心里不舒服。怎么呢？在国都待着多好啊，养尊处优的。让我带兵去边疆？弄不巧还得跟敌人打仗？心里不痛快。但是国君命令不能违抗，只得硬着头皮前去镇守边境。

到了边境，刚开始的时候，高克觉得领兵带队的还挺新鲜，还挺兴致勃勃，领着这些当兵的整天在这里操练，就想象着赤狄如果从北面渡河，咱们应该怎么跟他们打——咱们应该呐喊，应该用刀砍他们，用戈扎他们，用枪戳他们，用箭射他们……咱们得练习！好家伙，他就在这黄河边，天天指挥部队训练。

但，时间一长了，就没意思了。哪来的赤狄？等了半年了，赤狄也没来。咱射出的箭都能够填坑了，射到黄河水中随波逐流了。更要命的是，按照过去的惯例，驻守边防的部队，是有一个期限的，到期要换防。不仅是过去，咱们现在也一样，不能说哪个部队，一待待那儿五十年，没那样的，得换防。想当年，就是因为齐襄公没有实现他对连称、管至父驻守葵丘"及瓜而代"的诺言，及瓜不代，没给人家换防。结果，连称和管至父愣是统兵把齐襄公给杀了。郑国也一样。时间一长，高克一看，怎么着？国君把咱们忘了？怎么到现在也不召咱们回去？他哪知道人郑文公恶心他，不愿意看那张脸，所以打他一离开国都，郑文公立马就把他选择性遗忘了，好像这个世界上就没高克这个人了，换防一事更无从谈起了。

你想想，这么一支被遗忘的军队，时间长了，还能够那么纪律严明，还能够再那么认真训练吗？就开始纪律涣散了。成天没事晒太阳、打架、闲逛、骂街。再不行，到周边的村庄里抢掠一阵子，反正是玩呗，混天熬日呗。还有不少士兵一看，既然没人约束我，干脆咱回家吧，偷偷地当逃兵溜回家去了。高克也不管，天天驾着自己马车来回溜达，他也玩儿。

这种涣散混乱的情况，郑文公能说不知道吗？早有人告诉他了，但郑文公置之不理，只要这个高克不回来，他爱怎么折腾就怎么折腾。

这样不行！有一位公子叫公子素，看到这种情况，就觉得郑文公做法不太对，于是就写了一首叫《清人》的诗，借此来告诫郑文公，说这种情况要是再继续发展下去，后果不堪设想啊。

但是，郑文公一点不往心里去，只要高克不回来，我就不管，反正是咱这边防也没什么大事，有赤狄入侵也有那卫国给咱先挡着。

挡着？挡不住了！怎么呢？时任卫国国君卫懿公喜欢鹤，玩物丧志。也许人家北方的赤狄一看卫懿公天天不干事，觉得有机可乘。郑文公十三年（前660），赤狄发兵入侵卫国。卫国无力抵抗，因为喜欢养鹤而失掉民心的卫懿公还战死了。一时间，卫国暂时性地给灭亡了。

赤狄打下卫国之后，一直向南追击溃逃的卫国民众，直追到了黄河北岸。这一下子，就跟高克的军队隔河相望了。这要是头几年打过来，高克的军队还能抵抗一阵子，因为当时高克还领着训练呢。现在打过来，高克带着那一帮子士兵一看，对面是赤狄："将军，怎么办？""怎么办？我告诉你们一个绝招，就一个字。""什么绝招？""跑！"没等赤狄渡河，高克所带的这些军队一哄而散，士兵都往家里跑。这高克跑得更快，他没往郑国跑，直接跑到更南边的陈国躲起来了，他心说：万一那郑国再被这赤狄给灭了，我跑到陈国更安全！你说有他这样的镇边将军吗？

人家赤狄打过去了没有？赤狄根本就没有渡河，没有侵扰郑国，把这卫国抢掠一空，人家又回去了。

但是，郑国军队不战而溃，就成了天下人耻笑的对象了。怨谁呀？首先得怨高克，你作为镇边将军，临阵溃逃，平常疏于训练，你肯定有责任。当然，郑文公也难辞其咎。你再意气用事，不能把国家军政大事视若儿戏，派自己一个不喜欢的人过去镇边。这幸亏高克跑了，如果高克也学齐国的连称、管至父，带着军队杀回国都，那还真够他的呛！

郑风·清人

清人①在彭②，驷③介④旁旁⑤。
二矛⑥重英⑦，河⑧上乎翱翔⑨。

清人在消，驷介麃麃⑩。
二矛重乔⑪，河上乎逍遥。

清人在轴，驷介陶陶⑫。
左旋右抽⑬，中军⑭作好⑮。

【字词注释】

① 清人：清邑的人。指郑国大将高克带领的清邑的士兵。清，
   郑国之邑，在今河南省中牟县西。

② 彭：郑国地名，在黄河岸边。下文"消""轴"都是郑国在黄
   河岸边的地名。

③ 驷（sì）：一车驾四马。

④ 介：通"甲"。这里指马的护甲。

⑤ 旁旁：马强壮有力的样子。一说行走、奔跑的样子。

⑥ 二矛：战车上装备的两支，一曰酋矛，一曰夷矛，插在车子
   两边。一用来攻敌，一用来备用。

⑦ 重英：以朱羽为矛饰，二矛树车上，遥遥相对，重叠相见。

重，重叠。英，矛上的缨饰。

⑧ 河：黄河。

⑨ 翱翔：以鸟的飞翔来形容士兵驾车遨游。

⑩ 麃（biāo）麃：英勇威武的样子。

⑪ 乔：借为"鷮（jiāo）"，长尾野鸡，此指矛上装饰的鷮羽毛。

⑫ 陶陶：马疾驰的样子。一说和乐的样子。

⑬ 左旋右抽：御者在车左，执辔御马；勇士在车右，执兵击刺。
　　旋，转车。抽，拔刀。

⑭ 中军：即"军中"。一说指古三军之中军主帅。

⑮ 作好：容好，与"翱翔""逍遥"一样也是连绵词，指武艺高
　　强。一说做好表面工作，指装样子，不是真要抗拒敌人。

【参考译文】

清邑军队驻在彭，驷马披甲矫健行。
两矛装饰重缨络，河边游逛好闲情。

清邑军队驻在消，驷马披甲多傲骄。
两矛双重野鸡毛，黄河边上任逍遥。

清邑军队驻在轴，驷马披甲任遨游。
左舞旗帜刀右手，军队表面好派头。

18

懿公好鹤

投我以木瓜，报之以琼琚。

《卫风·木瓜》这首诗，跟卫懿公爱鹤有直接关系。

卫懿公是春秋时期卫国的第十八任君主，名叫姬赤，谥号懿公，是春秋时期一位有名的昏君。他在位期间，荒淫逸乐，骄奢淫逸，尤其特别喜欢鹤。鹤多漂亮啊，洁白的羽毛，修长的脖颈，亭亭玉立的身姿，卫懿公越看越高兴，经常喜不自胜，如痴如醉。大大小小的鹤成群结队，出没于他的宫廷里和御花园当中。卫懿公平常也不理什么国政，天天就跟这群鹤混在一起，人家都是鹤立鸡群，他跟鹤在一起，那就如同鸡立鹤群似的。他喜欢鹤喜欢到什么程度呢？他按照不同品质、不同体姿，把鹤封为不同的官阶、不同的品位。再根据仙鹤不同的品位，供给相应的俸禄。仙鹤怎么吃俸禄？就喂它吃喝呗。比如低级的就喂一些麦糠，再高级一点喂精粮，再高级一点喂一些鱼类、甲壳类……总之，仙鹤当得官越大，吃得越好。而且卫懿公在出游的时候，不用牛车不用马车，他让鹤拉车，把这一群鹤都拴在车头，一甩鞭："驾！""扑棱棱……"怎么这动静？你想想那鹤能好好走吗？这一甩鞭子还不扑棱棱乱飞？也不知道卫懿公在这里面能感受到什么乐趣。但是人家觉得挺美，说这些鹤不是普通的鹤："那都是我的鹤将军！"不仅是鹤，卫懿公也给养鹤的这些人封了相应的官职，给他们优厚的俸禄。怎么？"你们伺候这些将军有功，你们都是对国家有大功之人！寡人不会忘了你们，人人有份！"赏赐了不少好东西。这一下子，卫国平白无故就增加了成百上千的官，每个官都有各自的侍从、各自的宅地、各自的俸禄、各自的车乘，就有一点，这些都不是人，都是鸟。那《水浒传》里头的李逵骂"鸟官鸟官"的，估计就从这里来的。

养这些"鸟官"都需要钱啊。国库能有多少？钱不够怎么办？卫懿公伸手就跟百姓要，百姓不给就强征。老百姓招谁惹谁了？本来平常被剥削得就够可以的了，现在又来了一群"鸟官"，老百姓真是雪上加霜，他们对卫懿公痴迷养鹤的行为十分不满。

卫懿公好鹤荒政，卫国人心离散，这消息自然就传到了卫国的北边。卫国的北边有一个少数民族叫赤狄，有的叫北狄，反正就是狄人吧。他们一看有机可乘——咱们强掠卫国去喽！于是，卫懿公九年（前660），狄人首领率领两万骑兵，风驰电掣，杀奔卫国国都朝歌（今河南淇县）。

消息传来，卫懿公闻讯大惊："赶紧征兵，赶紧抵抗！"上

哪征兵？征兵得抓老百姓，赶紧拿起武器保家卫国。老百姓一听，去你的吧！来了狄人，想起我们来了？你不是有那么多鹤将军吗？你让鹤将军去打去啊，你让我们打干吗？我们平常吃不着俸禄，还得给你交东西。那鹤将军平常吃的可是好俸禄！我们可没力气打仗，你爱派谁去派谁去，我们不去！大臣们也说："国君爱养鹤，可以让鹤去迎击狄人。"

这时，卫懿公才知道自己的所做所作已使自己丧尽民心了。但是后悔已然来不及了，狄人都打到门口了，怎么办？卫懿公牙关一咬脚一跺，把宝剑一抄："既然没人临敌，寡人亲自迎战狄人！"他要御驾亲征，就率领着几名亲信的大夫和宫中的卫兵去迎战狄人。那哪儿成？这些人平常养鸟行，真正打仗，白给！一碰到狄人，一触即溃。卫懿公也没跑了，死在乱军之中。

狄人很快就攻占了朝歌，一进城就开始屠杀抢掠。没走的老百姓倒了霉了，十之八九死在了狄人的刀下。卫国的国库里那么多值钱的东西被狄人抢掠一空，抢完之后人家打声呼哨，走了！不要这地盘儿？不要。怎么呢？人家是游牧民族，你给他地盘他也不会经营，他要的就是粮食和财物！值钱的东西抢光了，剩下的扔把火炬一点，把整座朝歌给烧了得了，人家回去了。

可是，在狄人未到之前，逃出朝歌的也不少人。这些难民之中就有卫国的两个大夫，一个叫宁速，一个叫石祁子，他俩就逃到了漕邑。国不可一日无君，俩人在漕邑就拥立了公子申为国君，史称卫戴公。可惜这卫戴公是个短命鬼，当了国君没多少日子就病死了，卫国又没国君了。那怎么办？两个大夫一看，身边也没有别的公子了，谁来继承君位呢？两人一琢磨，你别看身边没公子，逃亡在外的有一公子——公子毁，目前正在齐国避难。"咱们何不去迎接公子毁归国，让他继承卫国国君？同时咱也可以向齐国请援，借助齐国的力量重建咱们卫国。""不错！是这个主意。就这么干！"

就这么着，宁速立刻启程，来到齐国。当时齐国国君是谁？春秋五霸第一位齐桓公。齐桓公在相国管仲辅佐下，正打着"尊王攘夷"的口号，团结诸侯、建立大业呢。听宁速这么一说。"什么？卫国被狄人给打了？实在可恼！"狄人是什么？尊王攘夷的"夷"就包括狄人，夷就是当时的少数民族，"你敢打中原上邦，这还了得！"齐桓公立刻派齐国公子无亏率兵车三百乘、甲士三千人护送公子毁回国。

公子毁就这样被护送到了漕邑。一看这个地方，一片荒凉。这哪是个城？连个小村庄都算不上啊。再看东一个西一个全是小破帐篷，帐篷里住的都是卫国的难民。公子毁就把这些难民集合起来，又从别的地方召集了一批卫国的难民，凑满了五千人。干吗呢？"你们就是卫国重建的力量，咱们要靠双手重建家园！"大家就拥立公子毁为国君，这就是历史上的卫文公。

齐桓公还真不错，为了帮助卫文公复兴卫国、重建公室、重建民宅，让公子无亏给卫国运去了大量木材，还送给卫国很多的牛、羊、猪等牲口、粮食。同时命令公子无亏暂时留在漕邑戍守，防止狄人再度入侵。

等到卫文公即位之后，他提倡节俭、任用贤才、发展生产，卫国的国力日渐恢复。转眼几年过去了，齐桓公一看这卫文公不错，基本上已经巩固了自己的统治地位，卫国重新复兴起来。于是，齐桓公就召集了宋国和曹国的国君，三个人一起前来拜望卫文公。那过来拜望能空手来吗？"咱们三国要发扬国际主义精神。卫国遭难了，咱都得给予援助。我出多少钱、多少人、多少财物，你们各自报报吧。"齐桓公那是老大，他都说话了，曹国、宋国这俩当小弟的也不敢怠慢，也给了不少人力、物力，就帮助卫文公在楚丘（今河南滑县东）营建新都。新都竣工，卫国君臣就迁往楚丘，大家在这里又开始过上日子了。

到了公元前642年，也就是十八年后，北方的狄人又打来了。卫文公一看，好哇！你欺负我们欺负没完了。跟他干！现在卫国国力强盛，卫文公领着群臣和百姓出城迎击。狄人见卫国上下一心，同仇敌忾，不战而退，卫国举国欢腾。

想一想卫国当年濒临灭国，为什么到现在又能够兴盛？这得感谢人家齐国，得感谢人家齐桓公。是人家大力支持，仗义伸出援助之手，帮我们渡过难关、转危为安，重新得到恢复和发展。卫国老百姓为了表达对齐桓公的感激之情，于是就写了这首《木瓜》。那意思就是说：投给我的是木瓜、桃子和李子，我们给您的报答是用美玉做成的玉佩，这不能算是报答了，只不过表达了我们卫、齐两国将永世友好！

【经典原文】

卫风·木瓜

投^①我以木瓜^②，报^③之以琼琚^④。

匪^⑤报也，永以为好也！

投我以木桃^⑥，报之以琼瑶。

匪报也，永以为好也！

投我以木李^⑦，报之以琼玖。

匪报也，永以为好也！

【字词注释】

① 投：赠送。

② 木瓜：一种落叶灌木（或小乔木），蔷薇科，果实长椭圆形，色黄而香，蒸煮或蜜渍后供食用。按：今粤桂闽台等地出产的木瓜，全称为番木瓜，供生食，与此处的木瓜非一物。

③ 报：报答。

④ 琼琚（qióng jū）：美玉，下"琼玖""琼瑶"同。

⑤ 匪：非。

⑥ 木桃：果名，即楂子，比木瓜小。

⑦ 木李：果名，即榠楂，又名木梨。

【经典原文】

卫风·木瓜

投[1]我以木瓜[2]，报[3]之以琼琚[4]。

匪[5]报也，永以为好也！

投我以木桃[6]，报之以琼瑶。

匪报也，永以为好也！

投我以木李[7]，报之以琼玖。

匪报也，永以为好也！

【字词注释】

① 投：赠送。

② 木瓜：一种落叶灌木（或小乔木），蔷薇科，果实长椭圆形，色黄而香，蒸煮或蜜渍后供食用。按：今粤桂闽台等地出产的木瓜，全称为番木瓜，供生食，与此处的木瓜非一物。

③ 报：报答。

④ 琼琚（qióng jū）：美玉，下"琼玖""琼瑶"同。

⑤ 匪：非。

⑥ 木桃：果名，即楂子，比木瓜小。

⑦ 木李：果名，即榠楂，又名木梨。

你将木瓜投赠我，我拿琼琚作回报。
不是为了答谢你，表明我们永相好。

你将木桃投赠我，我拿琼瑶作回报。
不是为了答谢你，表明我们永相好。

你将木李投赠我，我拿琼玖作回报。
不是为了答谢你，表明我们永相好。

19

许穆夫人

我行其野，芃芃其麦。

春秋时期，卫懿公特别喜欢养鹤，还给这些鹤都封了官，这种荒唐的做法使官兵百姓对他都非常反感。他不光内政不行，在外交上也很糟糕。

他有一个同父异母的妹妹，长得美丽，又有才华，闻名天下。齐国和许国这两国的国君都相中了，都派人前来下聘礼，想聘娶他的妹妹当人家的国君夫人。齐国、许国两国使者同时到达卫国，同时请亲，那就这么一个妹妹，给谁是好，问问妹妹吧。

这位美丽而且又有才华的姑娘眼珠一转，齐国、许国这两个国家差距太大了。齐国，那谁都知道，无论是在春秋时期还是在战国时期，这国家是最富有的，相对来说也非常强大。许国非常弱小。齐国离卫国也近，许国离卫国较远。"平衡两个国家的实力和地理位置，我嫁给齐国也就是齐卫结亲之后，对卫国更为有利。人家齐国作为卫国的亲戚，对咱们卫国肯定有支援，肯定有帮助。咱卫国靠着强大的齐国，别的国家也不敢轻易地欺负咱们。"所以，卫懿公的妹妹为卫国着想，就愿意嫁到齐国去。

但是，这个不开眼的卫懿公，他只图眼前利益，敢情人家许国这一次下的聘礼比较多，齐国下的聘礼相对来说比较少一点，卫懿公贪图眼前的彩礼，根本都不听妹妹的意见。"既然人家许国出手大方，干脆我就把你许给许国吧。"就这么着，卫懿公的妹妹被迫嫁到了又远又小的许国，成了许国国君许穆公的夫人了，人称许穆夫人。

你别看许穆夫人在许国，但是心里头一直装着祖国卫国。看着哥哥昏庸无能，天天只知道跟那一群鹤玩儿，不理朝政，弄得卫国现在是群臣离心离德、老百姓怨声载道。许穆夫人在许国为卫国愁眉不展，为祖国的未来前途忧心忡忡，果然这种担忧不久就成事实。

公元前 660 年，狄人大举入侵卫国。结果，失去民心的卫懿公被狄人给打死了，全军覆没，都城朝歌也被敌人攻陷。后来卫国大夫宁速带着一部分老百姓来到漕邑，在这个地方拥戴公子申为新的卫国国君，这就是卫戴公。这个时候，卫国的老百姓拢巴拢巴也只有数千人。

噩耗传到许国，许穆夫人闻听。万分悲痛，心如刀绞一般。她马上找到自己的夫君许穆公，就提出来了："我想回趟娘家——我的祖国卫国，到那里有几件事情要办。一个要吊唁一下我那丧命的哥哥，另外一个要到漕邑去见一见新继位的堂兄弟，帮助我这位兄弟共商国是、安定民心，为拯救处在危机中的卫国出一份绵薄之力吧。请君上恩准。"

许穆公答应吗？不答应。为什么呢？按照当时的宗法制度，诸侯夫人是不允许随便回娘家的。除非你的父母健在，你可以回娘家。如果父母都去世了，那就永远不能够再回到自己的娘家了。"你不说现在你的兄弟有事了吗？这好办，我派几个大夫前去问候。你要过去，于礼不符。"

许穆夫人在夫君面前苦苦哀求，掉着眼泪哀求道："您让我回去吧，我求求您了，让我回去吧……"

许穆公一看自己夫人如此悲痛，只得说："行吧，我找大臣们商量商量，看看大家伙什么意见。"他召集众大夫，问："我夫人要回国去祭吊她的兄长、探望她的兄弟。你们看可行否？"

结果，这大夫全都搬出礼法制度，否定许穆夫人的爱国行动。"她不能回去！"一致反对。

许穆夫人没有办法，日日以泪洗面。

没想到，没过多久，噩耗再次传来，卫戴公也因病去世了。后来又传出消息，说在齐国的公子毁在齐桓公的帮助下，被大夫宁速接回国当了国君，这就是卫文公。

这个时候，许穆夫人的归国愿望是更加强烈了。她多次流着眼泪向许穆公请求，可是许穆公始终把脑袋晃荡得跟拨浪鼓似的，就是不能去！

最后，许穆夫人对自己的夫君可以说是心灰意冷了。这个女子可不是一般女子——既然你们都不让我去，好！干脆，我管什么礼法呢？我要回我的祖国、要看我的兄弟，这是天经地义之事，你们想拦也拦不住！你们不让我去，我自己走！

胆子多大呀，她就背着许穆公，偷偷地带着几个随从，备好了干粮，坐上了马车，等到了三更半夜，悄悄打开宫门，跑了，奔漕邑去了。

一直等到天亮，许穆公才得知这事。"国君夫人自己跑了？这成何体统，成何体统！快！快给我追！"马上派出大夫，拿着自己手令，怎么也得把夫人给我追回来！

但是，许穆夫人早就料到丈夫要派人来追。所以，日夜兼行，一路之上根本不停歇，就这么跑到了漕邑。

她到了漕邑，许国大夫也到了漕邑，见到许穆夫人，把许穆公的手令呈上来。"夫人，上支下派，我也是奉命行事，没有办法，您就跟我回去吧。"

许穆夫人说："我现在已然到这儿了，总不能现在就跟你回去吧？我总得去见见卫国国君，跟他说两句话吧？"

许国大夫一看，也是，都到这个时候了，你再阻拦没意义了。于是，许穆夫人就见到了自己的兄弟卫文公，向他谈了自己对复兴卫国的想法，也希望卫文公能够奋发图强，汲取以往的经验教训，勤政爱民，能够尽力争取诸侯国对咱们卫国帮助，尽量、尽快地收复失地，重建卫国。说了这番话之后，许穆夫人不能在此久留，告别卫文公，离开漕邑，跟随许国大夫踏上了归程。

在走的时候，她眼望着沿途的青山绿水和无边的麦浪，回想起这一次回漕邑之行，不由心潮起伏，就吟诵出一首《载驰》。整首诗写出了自己对祖国的深切思念，抨击了许国大夫对她回国的种种阻挠和指责。

许穆夫人的漕邑之行是一次正义的爱国行动，对于当时刚刚继位的卫文公也是个强有力的支持和安慰。后来卫文公就采纳了她的意见，在齐桓公帮助下，营建了新都，励精图治，终于使处在灭亡边缘的卫国，得到了复兴。许穆夫人也因此在历史上留下了一页光辉的篇章。

【经典原文】

鄘风·载驰

载①驰载驱②，归唁③卫侯。

驱马悠悠④，言⑤至于漕⑥。

大夫跋涉，我心则忧。

既⑦不我嘉⑧，不能旋⑨反⑩。

视⑪尔不臧⑫，我思⑬不远⑭。

既不我嘉，不能旋济⑮。

视尔不臧，我思不閟⑯。

陟⑰彼阿丘⑱，言采其蝱⑲。

女子善怀⑳，亦各有行㉑。

许人㉒尤㉓之，众㉔稚且狂。

我行其野，芃芃㉕其麦。

控㉖于大邦，谁因㉗谁极㉘。

大夫君子，无我有尤。

百尔所思，不如我所之㉙。

【字词注释】

① 载（zài）：语助词，做动词词头。

② 驰、驱：快马加鞭。孔颖达疏："走马谓之驰，策马谓之驱。"

③ 唁：向死者家属表示慰问，此处不仅是哀悼卫侯，还有凭吊宗国危亡之意。毛传："吊失国曰唁。"

④ 悠悠：路途遥远的样子。

⑤ 言：语助词，无义。

⑥ 漕：地名，毛传："漕，卫东邑。"

⑦ 既：尽、都。

⑧ 嘉：赞同。

⑨ 旋：回还。一说立即。

⑩ 反：同"返"。

⑪ 视：表示比较。

⑫ 臧：好，善。

⑬ 思：忧思。

⑭ 远：摆脱。

⑮ 济：止。一说渡。

⑯ 閟（bì）：同"闭"，闭塞不通。

⑰ 陟（zhì）：登。

⑱ 阿丘：有一边偏高的山丘。

⑲ 蝱（méng）：通"莔"，中草药名，即贝母。朱熹《诗集传》："主疗郁结之疾。"采蝱治病，喻设法救国。

⑳ 善怀：多愁善感。善，多。

㉑ 行（háng）：指道理、准则，一说道路。

㉒ 许人：许国的人们。

㉓ 尤：责怪、埋怨。古"訧"字。

㉔ 众：指许国的"众人"。

㉕ 芃（péng）芃：茂盛的样子。

㉖ 控：往告，赴告。

㉗ 因：亲也，依靠、凭借。

㉘ 极：至，指来援者的到达。

㉙ 之：往，指行动。

【参考译文】

驾起马车快快走，回国吊唁见卫侯。

快马加鞭路途远，刚到漕邑人未休。

许国大夫追赶至，阻我行程令我愁。

许人对我不赞同，我也不能即返程。

比起你们不仗义，难抛我的思乡情。

许人对我不赞同，我也不能渡河行。

比起你们不仗义，我的思情更光明。

登高来到那山冈，采摘贝母治忧伤。
女子多愁善感念，自有道理拿方向。
许国众人责难我，实在幼稚又狂妄。

漫步故乡田野上，麦子蓬勃在生长。
想要控诉去大邦，正义由谁来主张？
许国大夫君子们，不要对我尤怨长。
你们想法千百种，不如我去跑一趟。

20

秦国崛起

蒹葭苍苍，白露为霜。所谓伊人，在水一方。

《蒹葭》这首诗可谓《诗经》中的经典名篇。历来大部分人都认为它是一首男女相思的情歌。"所谓伊人，在水一方"，那肯定是一位美女。后来这首诗经过小说家琼瑶改编，真给改编成了一首爱情歌曲了，再由著名歌手邓丽君一演唱，可以说是流传天下、天下皆知。它的名字就叫《在水一方》："绿草苍苍，白雾茫茫，有位佳人，在水一方……"这歌一流行，更让人觉得，"所谓伊人，在水一方"中的"伊人"是一位美丽动人的女子。但事实上是吗？

还真就有人提出了不同看法。谁？郑玄。郑玄是谁？那可了不得，是东汉末年的一位儒家学者、经学大师，他治学以古文经学为主，兼采经文经说，他可以说遍入儒家经典，以毕生精力整理古代文化遗产，使经学进入了一个小统一的时代。所以，这

个人非常了得，世称"郑学"。那是绝对的一等一的儒学大家，经学专家。就是他提出了一个不同看法，他认为《蒹葭》中所谓"伊人"指的是精通周礼的专家，不是什么美丽的女子。为什么这么说？他认为这首诗被收在《秦风》里头，主要讲的是秦国的君主能够虚心访求贤士，用大周王朝的礼乐管理教化百姓。在他的观点里头，把"伊人"给解释明白了。但是，另外一点没解释透，哪一点？"在水一方"怎么回事？哪有一个专家在水一方的？要是不把这个解释清楚，那郑玄的观点就站不住脚。能解释清楚吗？能！

要想解释这个问题，咱们首先得了解一下这个秦国。秦国，我们知道，在战国年间那了不得，叫虎狼之国，关东六国都打不过秦国，最后还是秦统一了天下。但是在建国最初，这秦国算不上什么正儿八经的国家，经常被其他国家耻笑。为什么？地处边远，思想顽固，没有礼教，没有开化，所以大家都嘲笑它。

秦国的开国君主叫嬴非子，最早是帮助周天子养马的，这个人养马养得特别好，受到周天子的器重，于是就划给他一块封地，以示嘉奖。封哪了？在西陲边缘给了他那么一块小小的封地，嬴非子就在那个地方建国了。到了后来，发生了周幽王烽火戏诸侯的事，结果犬戎（北方的一个少数民族）兵就打来了，把周幽王给赶跑了，西周灭亡了。在关键时刻，当时秦国的首领秦襄公率领人马支援大周王朝，后来又护送周幽王的儿子周平王到了雒邑，建立起了东周。这下子，秦襄公等于勤王有功，按说周平王就得赏赐人家一些东西——赏赐金银，赏赐地盘什么的。但当时周朝哪有东西了？周平王没办法，就给秦襄公开了一张空白支票——我封你为伯爵，现在西北这一块不是被那些少数民族给占了吗？你就带着你的部队去给我打。你打多少地都归你。

就这么着，秦襄公和他的子孙，就靠着不断地跟着少数民族作战，一点一点把那戎人给赶走了，为秦国开疆辟土。而且，在不断作战当中，逐渐就锻炼出了秦国人骨子里头的刚毅、勇猛的性格来。但是时间长了，那也只不过是匹夫之勇。等开拓出来那么多地盘之后，对于秦国人来说，更加重要的不光是有那些勇猛的战士，还得有一些经纶天下的谋臣，得有那种运筹帷幄之中、决胜千里之外，能指导着将士们纵横杀场的谋士、大贤。

这种人就像辅佐着周文王、周武王开创周朝天下的那位姜尚姜子牙一样。姜子牙在没有拜帅之前，他干什么？他在渭水边钓鱼。秦国人现在所占的地方是什么地方？正是当年周文王站的地方。也就是说，周文王曾经站在这块土地上眺望着渭水对岸，那个地方有一位贤人、有一位能够帮助周朝开疆辟土的圣人。所以，"所谓伊人，在水一方"中的"伊人"是谁？正是那位渭水钓鱼的姜子牙。

这首诗写得也十分清楚，"蒹葭苍苍，白露为霜"。蒹葭是什么？初生的芦荻。它虽然非常茂盛，但是毫无用处。只有等到秋天，历尽了风霜的考验，这个芦荻才能够变得坚实中用。所以"蒹葭苍苍，白露为霜"的含义其实就是"嘴上没毛，办事不牢；

老将出马，一个顶俩"。

再看秦国的历史也正是如此。秦国几代人经过不断努力，最终崛起了。秦襄公、秦文公的后人秦穆公更是成为五霸之一。而秦穆公手底下最得力的谋士正是俩老头，比那姜太公年轻不了几岁，一个叫蹇叔，一个叫百里奚。而从地理上看，秦国的西北是落后的蛮荒，秦国的东南是繁华的中原。逆着河流向西北进军，人烟稀少，道路艰难；顺着河流向东南发展，贤人辈出，前途无限。蹇叔是现在的安徽人，百里奚是现在的河南人，他们的故乡都在秦国的东南，所以《蒹葭》当中又写"溯洄从之，道阻且长。溯游从之，宛在水中央"。

所以，有些学者他们认为《蒹葭》是秦穆公时期的作品，这首诗正表达了秦穆公求贤若渴的一个愿望，诗中的"伊人"不是一位姑娘，而是一位像姜太公似的能够谋划天下的贤士。当然了，这只是一种观点，觉得有道理，就把它分享给大家，以供大家参考。

【经典原文】

秦风·蒹葭

蒹葭①苍苍②，白露为③霜。

所谓④伊人⑤，在水一方⑥。

溯洄⑦从⑧之，道阻且长。

溯游⑨从之，宛在水中央。

蒹葭凄凄⑩，白露未晞⑪。

所谓伊人，在水之湄⑫。

溯洄从之，道阻且跻⑬。

溯游从之，宛在水中坻⑭。

蒹葭采采，白露未已。

所谓伊人，在水之涘⑮。

溯洄从之，道阻且右⑯。

溯游从之，宛在水中沚⑰。

【字词注释】

① 蒹葭（jiān jiā）：青嫩的芦苇。蒹，没长穗的芦苇。葭，初生的芦苇。

② 苍苍：茂盛的样子。一说青色。

③ 为：凝结成。

④ 所谓：所说的。

⑤ 伊人：这人。

⑥ 一方：那一边，另一边。

⑦ 溯洄：逆流而上。

⑧ 从：追寻。

⑨ 溯游：顺流而下。

⑩ 凄凄：借为"萋萋"，茂盛的样子。

⑪ 晞（xī）：晒干。

⑫ 湄：水和草交接的地方，即岸边。

⑬ 跻（jī）：升高。

⑭ 坻（chí）：水中小洲。

⑮ 涘（sì）：水边。

⑯ 右：迂回曲折。

⑰ 沚（zhǐ）：水中的沙洲，比坻略大。

【参考译文】

芦苇青苍苍，白露结成霜。

所谓那个人，在水那一方。

逆流把他找，道路险又长。

顺着把他找，宛在水中央。

芦苇密又繁，白露尚未干。

所谓那个人，那方水岸边。
逆水把他找，路险攀登难。
顺水把他找，宛在水中滩。

芦苇密稠稠，白露尚未收。
所谓那个人，在水另一头。
逆水把他找，曲折险难求。
顺水把他找，宛在水中洲。

21

曲沃代翼

岂曰无衣七兮?

晋国是春秋时期的一个大国,建国国君就是周成王的弟弟叔虞,周武王与姜太公的女儿所生之子。周成王把叔虞封在了唐国,所以他也称唐叔虞。后来叔虞的儿子又迁居于晋水旁,因此改国号为晋,这就是晋国的来历。

晋国一代一代相传下去,到了公元前805年,周宣王率领军队去进攻条戎(位于今山西南部、中条山一带)。为了增强自己的军事力量,他就命令晋国的国君晋穆侯出兵助战。天子下令,晋穆侯哪敢不从,带兵助战。没想到两国联军没打过人家条戎,被人家打了个落花流水。晋穆侯被打得跟灶王爷差不多少,脸上黑一道白一道,净是灰了,狼狈逃回晋国国都翼(今山西省翼城县东南)。刚坐那里,喘了口气,还没等喝水,这时候有人报信。

"恭喜君侯!贺喜君侯!"

晋穆侯说："你没看见我这模样吗？我都被打成这个狼狈样了，还恭喜我什么？"

"您的夫人姜氏为您生下一个儿子！"

这不是好事吗？本来是件好事。但是晋穆侯现在心里很不爽，打败了嘛。

"行了行了，我知道了，我先歇会儿。"

"那这孩子你得给起个名，他叫什么？"

"我今天打败仗了，此仇不报，我誓不为人！这孩子就叫'仇'！"给孩子起名叫姬仇，要记住这一次败仗之仇。

三年之后，周宣王、晋穆侯合伙再次出兵征讨条戎。结果这一次，打了一个大胜仗，一报三年前之仇。高兴！晋穆侯回到国家，摆酒、设宴、庆功。正在这个时候，有人过来了。

"恭喜君侯，贺喜君侯！"

"是该贺喜，我打了大胜仗了！"

"不仅如此，您是双喜临门。"

"哦？我还有什么喜事？您的夫人姜氏又给您生了一个大胖小子。您看给这孩子起个什么名？"

"是啊？太好了！这一次我是班师凯旋，那就叫这个孩子'成师'吧，让这个名字来庆贺我这次胜利！"于是，给这孩子取名字叫姬成师。

旁边的大夫师服一听，眉头一皱：国君呀国君，你怎么能这样给儿子起名？"仇"表示冤家对头，结果您用他来称呼你的大儿子，那可是你的世子，未来接你的班的人！但是，他的弟弟却得到了"成师"这个美名。这是个不祥之兆，恐怕晋国要发生祸乱啊。

晋穆侯二十七年（前785），晋穆侯去世了，按照宗法社会制度，晋国的国君应该由姬仇来做，他是世子。但是，事情不是这样的。晋穆侯一死，晋穆侯的弟弟殇叔擅自夺取政权，自立为国君。世子仇被迫流亡国外，被人家赶出国政治避难去了。

但是，姬仇在国外集结了一批忠于自己的大臣，在弟弟成师的配合下，经过四年的精心准备，最后又率军杀回晋国，夺回了本来属于自己的政权，把殇叔给赶跑了，登基为国君，这就是历史上的晋文侯。

晋文侯复国，弟弟成师功劳最大。为了感谢他，晋文侯就给弟弟成师很多的赏赐。这么一赏赐一重用，日子一天一天一过去，成师的权势也越来越大，等到晋文侯晚年的时候，成师的地位基本上已经能够跟晋文侯平起平坐了。

到了晋文侯三十五年（前746），晋文侯也因病去世了，他的儿子继位，史称晋昭侯。晋昭侯一看，坏了，自己叔叔势力太大了，留在身边对自己是威胁，干脆把他打发出去得了，就于晋昭侯元年（前745）把成师封到了曲沃（在今山西省闻喜县东二十里，距翼一百余里），号称"曲沃桓叔"。

这个时候，曲沃桓叔已经五十八岁了，德高望重，深受老百姓爱戴。他所在的封地曲沃是晋国的旧都城，规模比晋国现在的都城翼还要大，他在那里如鱼得水了。

大夫师服这个时候又感慨了：桓叔封在曲沃，这叫末强本弱，晋国将无安宁之日了。

什么叫末强本弱？本就是树的根，末就是树的枝梢。你想想这个树枝叶繁茂，但是根断了，或者根弱了，能支撑多长时间？肯定厄运在后头。果然不出师服所料。

晋昭侯七年（前739），晋国大夫潘父刺杀了晋昭侯，准备把桓叔接到翼，立桓叔为君，但是失败了。因为人家晋昭侯也有一帮忠于他的大臣。这帮大臣起来又把这弑君的潘父给杀了，立世子平为君，史称晋孝侯。到了这个时候，翼与曲沃的对立完全公开化了，晋国实际上就是两个政权并立了。

晋孝侯八年（前731），七十多岁的桓叔因病去世。桓叔的儿子继位，史称曲沃庄伯。曲沃庄伯的野心也非常大，就想进一步发展势力，夺取晋国的最高统治权。

晋孝侯十五年（前724），晋孝侯被曲沃庄伯弑于翼。曲沃庄伯大喜，就想入翼继承君位。但是，晋国军民不干了，立晋鄂侯为国君。最后，在晋国军民奋力抵抗下，曲沃庄伯抵挡不住，只得退兵回师曲沃。

晋鄂侯在君位上坐了六年，公元前718年曲沃庄伯又率领大军伐翼，鄂侯被迫出奔到了随国。晋国军民又拥立其子为君，这就是晋哀侯。曲沃庄伯攻势猛烈，晋国军队抵挡不住，赶紧派使者向周王求救，当时的周王正是周平王。周平王派出军队，把曲沃庄伯的军队赶回了曲沃。

晋哀侯二年（前 716），曲沃庄伯去世了。他的儿子姬称继承了爵位，史称曲沃武公，继续谋夺晋国政权。现在晋国的力量已经是一天不如一天了，根本没办法抵抗曲沃武公的进攻。在此后的三十多年当中，晋国前后三任国君都被曲沃武公给杀死了。到了公元前 678 年，曲沃武公终于攻破了翼，消灭了苟延残喘的晋国公室，自立为君，结束了曲沃、翼并立纷争的局面。

但自立为君名不正言不顺，别人都会说你是乱臣贼子，怎么能够让自己的君位合法化？那最好能够得到周天子的册封。怎么得到周天子册封？那就得给周天子行贿，讨周天子的好。于是他就把掠夺过来的宝物，全部送给了周釐王。周釐王得到这些贿赂，非常高兴，就立刻承认了姬称的晋国国君的名号，这就是历史上的晋武公。晋武公经过三代努力，终于成为晋国的统治者。

据说《无衣》这首诗就是当时晋武公篡晋之后，命人写的一首赞美自己的，另外则借此向周天子请命的这么一首诗。诗的大意就是：哪里是我没有七章和六章的礼服？只因为它不如您所赐的命服，穿起来让人平安、暖和和吉祥。当然了，这也只是这首诗的一种解释而已。

唐风 · 无衣

岂曰无衣七^①兮？

不如子之衣，安^②且吉^③兮。

岂曰无衣六兮？

不如子之衣，安且燠^④兮。

【字词注释】

① 七：七章之衣，诸侯的服饰。一说虚数，言衣之多。下章
"六"字同此。

② 安：舒适。

③ 吉：美，善。

④ 燠（yù）：暖热。

【参考译文】

哪里是我没有七章的礼服？

只因为它不如您所赐的命服，穿起来舒适而又美观。

哪里是我没有六章的礼服？

只因为它不如您所赐的命服，穿起来舒适而又暖和。

22

骊姬之乱

舍旃舍旃，苟亦无然。人之为言，胡得焉？

春秋时期，晋国国君晋武公去世后，继承君位的是他的儿子晋献公。晋献公可以说是戎马一生，据《韩非子》记载：晋献公在位二十六年，可以说是武功赫赫，"并国十七，服国三十八"。其中就有一个叫骊戎的部落被他给打败了，没办法，就把骊戎的两个美女——骊姬和她的妹妹少姬都给了晋献公了。

这骊姬长得好，嫁给晋献公之后，立刻得到晋献公的喜爱，骊姬就给晋献公生了奚齐，少姬生了卓子。这下晋献公更加宠爱骊姬了。由于晋献公的夫人早亡，夫人之位空缺，就把这骊姬立为正式夫人。爱屋及乌，晋献公也越来越喜欢自己的这个小儿子奚齐。本来晋献公有世子了，就是申生。但骊姬却打算怎么能把申生鼓捣下去，立自己的儿子奚齐为晋献公的世子。

但是世子申生深得民心，举国百姓都很拥戴他，天下诸侯也都承认他，怎么能够把这申生给鼓捣下去呢？她就重金贿赂晋献公宠信的两位大夫，一个叫梁五，一个叫东关五。两人挟宠弄权，谗言误国，所以背地里那些正直之臣都称他俩为"二五耦"（两人朋比为恶，如农夫相并而耕）。骊姬把自己心腹之事就告诉他们了："请你们给我出出主意，怎么能够把这申生给鼓捣下去，帮我的儿子奚齐夺得世子之位？"这两人就告诉她："咱们国君现在有世子申生、公子重耳、公子夷吾这三位年长的公子，都比较贤德，是咱们公子奚齐的对手。您应该向咱们国君进言，把这三个公子都打发到边疆去守城。守哪些城？守曲沃、蒲、屈，远离都城。这么一来呢，就离国君远了。一远就产生了距离，国君慢慢就会疏远他们了。这样，晋国国都就留下了奚齐和卓子，那国君自然对这两个公子，尤其对奚齐，更加偏爱了。"

"对！这主意不错！"于是，骊姬依计就在晋献公面前老进献谗言，叨咕叨叨咕叨……最后晋献公听信了骊姬谗言，就把自己三位公子全部赶到边疆去了。

但是，人算不如天算。晋献公十六年（前661），晋献公扩充军队为二军。晋献公统率上军，太子申生统率下军，率兵就把威胁晋国安全的霍、魏、耿这三个小国给灭了。世子申生还真有能耐，这么一来，不但没有影响世子之位，反倒是威信大增。

骊姬一计不成，又生二计。在晋献公二十一年（前656），太子申生、公子重耳、公子夷吾都从边疆回都城述职。骊姬一看机会到了，正巧晋献公有一次外出狩猎，就编了个谎话，告诉世子申生，说："你的母亲作业给国君托了一梦，说她自己在那个世界里苦饥无食，没东西吃。所以国君让你去祭奠一下。"

申生是个孝子，听完这话，居然深信不疑，于是就设坛祭祀自己的母亲。祭祀完了，申生也是好意，就派专人送祭祀用的那些肉给他爹晋献公尝尝。咱不说了吗，晋献公没在宫中，外出打猎了。于是，申生也没多想，就把这些肉留在宫中就走了。骊姬一看，你走得好！就在这些肉中动了手脚，放上毒药了。

等晋献公回来看到这些肉，非常高兴："难得孩子有这份孝心！"说着就想吃肉。"慢着！"被骊姬给挡住了。晋献公说："干吗呀？""大王，酒肉自外来者不可不试！"就说这些酒肉是从宫外头来的，这里头有没有安全卫生问题？万一这里面有毒怎么办？一句话把晋献公说愣了："这是我孩子给我献上来的，能有什么？""有没有什么，咱们检测一下。"于是就把这肉汤、酒往地上一泼，好家伙了不得了，《史记》上说："祭地，地坟；与犬，犬死；与小臣，小臣死。"什么意思？汤泼到地上，再看这地板"咕嘟咕嘟咕嘟……"往外冒泡，把这地板都腐蚀成这样了，里面有剧毒。牵来一条狗，把肉给狗吃了，这狗当时七窍流血。这还不相信呢。又命令一个小宦官吃这酒肉。你说这小宦官倒霉不倒霉吧，他不肯吃，不肯吃也不行，让大宦官们摁着，就把这肉给吃下去了，结果七窍流血，脚一蹬，那也死了。

晋献公傻了："好家伙！这是世子要毒死我，要谋夺我的君位，这还了得呀！"骊姬趁机火上浇油，泪流满面："没想到世子对亲生父亲都这样，更不用说对别人了。闹了半天，他表面仁义，内心这么歹毒！君上，您现在已经年纪大了，难道说这个世子就不能够再等一等吗？非得这么快，要把你这做父亲的给杀了吗？"这一浇油，晋献公更加生气了。不但如此，骊姬还在那儿哭诉："国君，我估计世子这样一定是跟我和我的孩子奚齐有关系。他看到国君您这么宠幸我们，他一定为自己未来的君位担心，不如先下手为强，把你给毒死，以免你把世子之位给我的孩子奚齐。他连你都敢杀，你想想我和我的孩子跟他没有什么关系，未来岂不死得更惨！君上，您可怜可怜我们娘俩，让我们娘俩离开晋国算了，要不然我就自杀，免得以后被世子害得更惨。"她老在这里火上浇油，那好得了吗？晋献公冲冠一怒，最后逼得世子申生自杀了。

这还不算完呢。申生死了，还有两位公子——重耳、夷吾。没关系，骊姬又进献谗言了，说："君上，世子下毒事件两位公子都知道，他们是同谋！"

好家伙，公子重耳、夷吾一听，这晋国是没法待了，赶紧跑！于是他们俩离开了晋国。

晋献公就这样听信了骊姬的谗言，害得世子申生自杀，重耳、夷吾流亡在外，实在是令人可悲。晋国老百姓看不下去了，为此作了一首诗，到处传唱。一来讽刺晋献公昏庸不辨是非，听信佞言，导致国乱子散。二来也劝告世人，千万别走晋献公的老路，不要轻信那些奸佞小人的谗言。这首诗就是《采苓》。

【经典原文】

唐风·采苓

采苓①采苓，首阳②之巅。

人之为③言，苟④亦⑤无⑥信。

舍旃⑦舍旃，苟亦无然⑧。

人之为言，胡⑨得焉？

采苦⑩采苦，首阳之下。

人之为言，苟亦无与⑪。

舍旃舍旃，苟亦无然。

人之为言，胡得焉？

采葑⑫采葑，首阳之东。

人之为言，苟亦无从⑬。

舍旃舍旃，苟亦无然。

人之为言，胡得焉？

【字词注释】

① 苓（líng）：通"蘦"，一种药草，即大苦。毛传："苓，大苦
也。"沈括《梦溪笔谈》："此乃黄药也。其味极苦，谓之大
苦。"俞樾《群经评议》："诗人盖托物以见意，苓之言怜也，
苦之言苦也。"一说为莲。旧注或谓此苓为甘草。"苓"为隰

草，长在低洼水湿之地，怎么会到山上去采呢？显然诗中的"采苓采苓，首阳之巅"这是人们说的谎话、假话、反话。下面的"采苦采苦，首阳之下""采葑采葑，首阳之东"的意思是相同的。

② 首阳：山名。

③ 为（wěi）：通"伪"。

④ 苟，诚，确实。

⑤ 亦：语助词。

⑥ 无：通"勿"。不要。

⑦ 旃（zhān）："之焉"的合声。

⑧ 无然：不要以为然。然，是。

⑨ 胡：何，什么。

⑩ 苦：苦菜。

⑪ 无与：不要理会。与，许可，赞许。

⑫ 葑（fēng）：即芜菁，又叫蔓菁，大头菜之类的蔬菜。

⑬ 从：听从。

【参考译文】

采苓啊采苓，登上首阳顶。

有人说谎话，勿信是真情。

抛弃都抛弃，可别受欺蒙。

人说这谎话，怎能合理情？

采苦啊采苦，首阳山脚行。
有人说谎话，勿信不要听。
抛弃都抛弃，可别受欺蒙。
人说这谎话，怎能合理情？

采葑啊采葑，来到首阳东。
有人说谎话，勿信别听从。
抛弃都抛弃，可别受欺蒙。
人说这谎话，怎能合理情？

23

秦晋之好

我送舅氏，曰至渭阳。

春秋时期，晋国有位国君晋献公，名叫姬诡诸。他出生时，正好他的父亲晋武公活捉了戎狄首领诡诸，就以此给他取名。

晋献公还在当世子的时候，娶一个妃子叫贾姬，但贾姬嫁给了他后没有生子。后来他又娶了犬戎主的侄女狐姬，狐姬给他生了个儿子叫重耳，就是后来的晋文公。后来他又娶了一个小戎允姓之女，被称为小戎子的，她生了个儿子叫夷吾。但这两个孩子都不是晋献公的嫡子。晋献公的大夫人叫齐姜，她也给晋献公生了一个儿子叫申生。论岁数，申生是第三子。但是，在宗法社会里，要先论嫡再论长。你就是一百岁，那也不行，因为你不是嫡子。所以，有资格继承晋献公君位的就是这三儿子申生，他就成了晋国的世子。

申生打小聪明勇敢、品格优良，得到晋献公的宠爱。长子重耳从内心里也赞同三弟立储，而且积极地给予一些帮助和支持。二子夷吾对三弟立为世子也没有什么异议。从这个角度上来说，晋国君位继承并不存在什么明争暗斗。本该如此，可后来发生了变化。

晋献公后来去攻打一个少数民族叫骊戎。人家骊戎打不过他，就跟晋献公请和。最后作为和平条件，骊戎这边的首领就把自己的两个女儿进献给了献公，岁数大一点的被称为骊姬，岁数小一点的被称为少姬。那骊姬可以说是天生丽质，非常妖艳，就把晋献公给迷住了。晋献公对骊姬可以说是言听计从，宠幸无比。一年之后，骊姬就给晋献公生下一个儿子，取名奚齐。又过了一年，少姬也给晋献公生下一个儿子，取名卓子。母以子贵，本来骊姬就得到晋公的宠幸，再给晋献公一生儿子，晋献公对骊姬的爱就更加深了一层。此时，晋献公的元配的夫人齐姜已经亡故了。于是，晋献公一高兴，就把这骊姬扶正为夫人。

骊姬当了夫人，按理说她的儿子奚齐也就成了嫡子了，就有就继承君位的资格。骊姬为了使自己的儿子日后能成为晋国国君，就开始使手段了。她一方面收买、拉拢有实力的大臣。另外一方面，千方百计地挑拨晋献公与他另外三个儿子的关系，尤其是挑拨晋献公与世子申生的关系。她定下毒计，栽赃陷害世子申生，在世子申生进献给晋献公的吃喝里面下了毒，反诬陷说这是世子下的毒，想要毒死晋献公，然后登基坐殿。这下子，把晋献公气坏了，就逼着世子申生自尽了。紧接着，骊姬又诬陷重耳与夷吾，说他们两个也参加了世子的预谋。晋献公当时老糊涂了，就派人去抓捕他们俩，重耳和夷吾没办法，逃出了晋国，四处政治避难。

晋国的三位公子死的死、逃的逃，骊姬的愿望实现了。不久，晋献公死去，骊姬的儿子奚齐当上了晋国国君。但是好景不长，奚齐被晋国大夫里克所杀。骊姬赶忙又立自己妹妹少姬的儿子卓子为新的国君。结果，又被里克所杀。里克二弑君，整个晋国就混乱起来了。

重耳这个时候已经在外面漂泊很久了。重耳是诸公子当中最有才能、最有威信的。他出逃的时候，也带了好多有力的大臣。他先逃到狄国，又逃到卫国、齐国，后来逃到曹国、宋国、郑国，又逃到楚国，最后逃到了秦国。咱们在前几篇中曾说过重耳在秦国的这一段，秦国国君秦穆公对重耳特别好。为什么那么好？俩人有亲戚。什么亲戚？咱们经常称一对男女结成夫妻为"秦晋之好"，其源头就在于，春秋时期秦国和晋国经常联姻。秦穆公就娶了晋献公的女儿为妻，这个女人由于嫁给秦穆公，所以史书称之为穆姬。穆姬是申生的姐姐，一母所生，跟重耳是同父异母的姐弟。从这个意义上来说，秦穆公是重耳的姐夫，重耳是秦穆公的小舅子，所以秦穆公对重耳是高看一眼。再加上现在晋国国君是谁？已经换成了夷吾。夷吾得罪了秦穆公，秦穆公特别腻歪这夷吾。所以就想着支持重耳回国复位。

当时晋国国内非常混乱。咱说了几任国君相继被杀，谁也没有足够的威信治理国家。看到这个混乱形势，秦穆公觉得时机已到，就给重耳一些武士，并派大夫去晋国和晋国的一些大夫将领交涉，要把重耳一行等人秘密送到晋国边境，然后再由晋国的大夫、武将迎回去，把重耳推到晋国君位之上。这也是穆姬所想看到的。但很可惜，现在穆姬已然亡故了。所以这一次，重耳由打秦国返回晋国，秦派的这些送行之人为首的就是穆姬的儿子、秦国世子嬴䓨。

嬴䓨跟重耳是甥舅关系，重耳是嬴䓨的舅舅，嬴䓨是重耳的外甥。外甥把舅舅送到渭水边和舅舅告别。甥舅二人血浓于水，依依不舍。看到舅舅即将远去，想起了母亲已然去世，嬴䓨不由泪流满面，于是就作了《渭阳》这首短诗。

赋诗之后，甥舅二人洒泪分别。

重耳一行回到晋国。通过一番努力，重耳掌握了晋国政权，成为晋国新任国君，这就是赫赫有名的晋文公。

【经典原文】

秦风·渭阳

我送舅氏，曰^①至渭阳^②。

何以赠之？路车^③乘黄^④。

我送舅氏，悠悠^⑤我思^⑥。

何以赠之？琼瑰^⑦玉佩。

【字词注释】

① 曰：发语词。

② 渭阳：渭水之北。山南水北曰阳。

③ 路车：古代诸侯乘坐的车。一说大车，人君所乘。

④ 乘黄：拉车的四匹黄马。马四匹为一乘。

⑤ 悠悠：思绪长久。

⑥ 我思：自己思念舅舅。一说送舅舅时，联想到自己的母亲。

⑦ 琼瑰：美玉、宝石的总称。

【参考译文】

我送舅父归故乡，一直送到渭之阳。

赠以何物给舅父？一辆路车四马黄。

我送舅父归故乡，见他不由思亲娘。

赠以何物给舅父？美玉宝石表衷肠。

24

赋诗言志

沔彼流水，朝宗于海。

我将借讲解《沔水》和《六月》两首诗之机，给大家说一说《诗经》在春秋战国时期的作用。有人说了，《诗经》不就是一部诗歌总集吗？一部文学作品它还有其他的用处吗？它还真有其他的用处。什么用处？你别着急，先讲一个故事，这个故事是有关于孔子和他的儿子孔鲤这父子俩的故事。

有一次，孔子一个人正在庭院当中站着，孔鲤正打院庭经过，"趋而过庭"。什么叫"趋"呢？就是就是小步快走。这是古代表示恭敬的动作，在长辈、上级面前要低着头，以细碎的小步快速走过去。这个时候，孔子就把儿子给叫住了。孔鲤赶紧恭恭敬敬过去。

孔子就说了："伯鱼（孔鲤的字），你学《诗》了没有？"

孔鲤说："我没有学。"

孔子听完就说了一句话："不学《诗》，无以言。"什么意思？就说：你要不学习《诗经》，就没办法言谈答对，没办法说话。

可能大家纳闷了：我没学过《诗经》，到也长这么大，我不一样会说话吗？为什么孔子说"不学《诗》，无以言"？这就牵扯到了《诗经》在当时的一个作用。

因为《诗经》语言生动简练、活泼形象，当时出使外邦的使者和别人答对的时候，或者人们处于礼仪场合的时候，往往要进行赋诗对答，你要不学习《诗经》，就很难对答，这就如同后世所说的"熟读唐诗三百诗，不会写诗也会诌"一样。也就是说《诗经》在春秋战国年间，它还是一部国际上通用的"外交辞令"典籍。

那个时候，各国使者出使其他国家，那对使者来说，是受命不受辞。什么意思？国君授给你外交的命令和任务，但是不教给你外交辞令。你怎么对人家说？怎么进行外交沟通？这国君没办法教。那怎么办？大家都统一用《诗经》中的一些语句彼此交谈，用这种语句里面的意思来作为自己的外交辞令。

举一个例子，晋文公是春秋五霸之一，他的名字叫重耳。最早的时候，他不是晋国国君，而是受迫害流亡他国好多年的晋国公子，一会儿在卫国，一会儿到楚国，最后来到了秦国。在秦国的时候，秦国国君秦穆公对重耳特别器重，给了重耳五个女人作为妻妾，其中就包括秦穆公的姑娘怀嬴。后来有一次秦穆公要设宴款待重耳。那在宴席之上，肯定有一番交谈了。这重耳在未参加宴会之前，就把自己身边的臣子们召集起来：看看哪位臣子跟我一起去赴宴？这是一个外交场合，他本来是想带子范去。但是，子范说了："要论外交，我不如赵衰的外交手段好。还是让赵衰随你一同赴宴去吧。"就这么着，重耳就带赵衰一同赴宴了。

在宴会之上，就有一番对答了。宾主就各点《诗经》当中的名篇，让乐工奏乐，其实这里就表达了一个外交心情。当时，重耳就点了《沔水》这首诗，表达什么心情呢？《沔水》的首篇写的是："沔彼流水，朝宗于海。"那意思：我们晋国人想归向秦国，我们对您很尊敬，我们以您马首是瞻，只要您能帮助我未来复国。

秦穆公听完之后，就点了一首《六月》。为什么点这首诗？这首诗的首篇是："六月栖栖，戎车既饬。"这首诗是歌颂尹吉甫辅佐周宣王北伐获胜的事。秦穆公这个时候给点出来，表示什么意思？就是鼓励和暗示重耳：你应当向那尹吉甫学习，作为一个能够辅佐天子的诸侯。你应当回国成就一番大业，我来帮助你！

这首诗一演奏，懂外交的赵衰立刻就明白了，马上就高喊了一声："晋国公子重耳拜谢秦侯！"晋公子重耳听到，马上下了一个台阶，叩拜秦穆公。秦穆公也立刻下台阶，表示不敢接受。

"哎呀，你们听到什么了，就向我拜谢？"

赵衰这个时候就说了："君侯，您用尹吉甫辅佐天子的诗篇

教导我家公子。我家公子重耳岂敢不拜？"

你看，在当时外交场合，大家都用《诗经》作为外交辞令。如果你不懂诗，那你就跟子范似的，你要子范陪着重耳，可能就听不明白。听不明白人家秦穆公的弦外之音，那你就不知道该如何应对。反之，这赵衰懂得《诗经》，于是他就非常恰当地处理好了这外交关系。所以，孔子才说："不学《诗》，无以言。"在当时，你如果不学这诗的话，你根本没办法与人家言谈答对。这就叫"赋诗言志"，是《诗经》在当时那个年代一项十分重要的功能。

小雅·沔水

沔^① 彼流水，朝宗^② 于海。

鴥^③ 彼飞隼^④，载^⑤ 飞载止。

嗟^⑥ 我兄弟，邦人^⑦ 诸友。

莫肯念^⑧ 乱，谁无父母？

沔彼流水，其流汤汤^⑨。

鴥彼飞隼，载飞载扬。

念彼不迹^⑩，载起载行^⑪。

心之忧矣，不可弭^⑫ 忘。

鴥彼飞隼，率^⑬ 彼中陵^⑭。

民之讹言^⑮，宁^⑯ 莫之惩^⑰？

我友敬^⑱ 矣，谗言其^⑲ 兴。

【字词注释】

① 沔（miǎn）：流水满溢的样子。

② 朝宗：归往。本意是指诸侯朝见天子。《周礼·春官·大宗
　　伯》："春见日朝，夏见日宗。"后来借指百川归海。

③ 鴥（yù）：鸟疾飞的样子。

④ 隼（sǔn）：一类猛禽，中国常见的有游隼等。

⑤ 载：句首语助词。

⑥ 嗟：嗟叹。

⑦ 邦人：国人。一说乡人。

⑧ 念：止。马瑞辰《毛诗传笺通释》："念与尼双声。尼，止也。故念亦有止义。"

⑨ 汤（shāng）汤：义同"荡荡"，水流盛大的样子。

⑩ 不迹：不轨，不循正规，不要法度。

⑪ 载起载行：形容忧虑沉重，坐立不安。

⑫ 弭（mǐ）：止，消除。

⑬ 率：沿，循。

⑭ 中陵：陵中。

⑮ 讹言：谣言，假话。

⑯ 宁：何，为什么。

⑰ 惩：止。

⑱ 敬：同"警""儆"，警惕。

⑲ 其：如此。

【参考译文】

大水弥漫苍莽莽，百川汇集入大洋。

鹰隼振翅疾如电，时停息兮时飞翔。

可叹我的诸兄弟，还有朋友和同乡。

无人为国忧祸乱，谁无父母在高堂。

大水弥漫苍莽莽，浩浩汤汤向东方。
鹰隼振翅疾如电，时翱翔兮时飞扬。
想到犯法作乱人，坐立不安意惶惶。
心情沉重怀忧虑，根本无法将其忘。

鹰隼振翅疾如电，沿着山陵任翱翔。
民间流言传蜚语，怎不制止任猖狂？
告诫朋友应警惕，谣言将兴须提防。

25

曹共公无礼

彼其之子，不称其服。

春秋时期，曹国有一任国君叫姬襄，史称曹共公，这人才昏庸呢。他没继位前当公子的时候就是一个纨绔子弟，整天带着一帮狐朋狗友，斗鸡走狗、寻欢作乐，十分放荡。后来当了国君了，那更加肆无忌惮了：整个曹国都是我的，我爱咋地咋地。他一看这满朝文武怎么没有我原来那些狐朋狗友了："那些人都干吗去了，那些人为什么不做官呢？"

大臣一听，好家伙，那些人能做官吗？那些人一做官，咱这还是朝廷吗？咱这就成了流氓市场了。

"那不行！我跟那些哥们很铁。现在，我当了国君了，他们都得给我当大夫！"这么一号召，原来一起花天酒地的那些酒肉朋友全给召进宫来了：你当上大夫，你当下大夫，你当中大夫，你当二大夫，什么叫二大夫？你长得比较二，你就当二大夫。反正是随意封官，让他们在朝廷里就任职了。当时就这些狐朋狗友变成乘车上朝的大夫的竟多达三百多人，整个曹国的朝廷就乌七八糟喽。

很多忠良正直的大臣实在看不下去了，纷纷向曹共公进谏："不能再这样了。朝廷应该任用贤士。"

"对呀！他们都是闲士，整天在家闲得没事。"

"不是这个'闲'士，那都得是有才能之人……"

"他都有才哇，那个会养狗，这个会斗鸡，那个还会养蝈蝈……"

大臣们一听，就这帮子东西，他们能治国吗？

"谁说不能治，谁说不能治？是不是你说的？还有你！谁敢说'不'字，我把他的官职给抹了！"就这么着，曹共公把几个态度激烈的人的官职给撸了。"别在朝堂上当大夫了，你们干脆到都城城郊的驿站去做那些迎送宾客的小官吏去吧！"就把这些人打发到基层去了。

这么一来，一首名为《候人》的诗歌就在曹国民间流传开来了。"候人"就是迎来送往的小吏。这诗写得很清楚，说有才有德的贤者只被任命为驿站上迎来送往的小官，而那些无能之辈却一个个配上冠带当了大官，足足有三百之多。鹈鹕这种水鸟站在梁上捕鱼，但人家的羽翼可以不被河水沾湿。但是你瞅瞅，那些衣冠楚楚的小人，什么能耐都没有，实在是和他们身上穿的衣冠很不相称。反正，在这首诗中，作者把贤者失意和那些小人得意的现实进行了鲜明对比，尖锐地讽刺了曹共公的所作所为。

有人就把这首诗誊录下来，送给曹共公。曹共公接到手里一看，冷笑数声："写这有什么用？我是国君，生杀大权都掌握在我的手里，我要谁当官谁就当官，要谁当候人谁就当候人，谁能把我怎么样？传令下去，像这种诗歌以后不准再唱！"他是外甥打灯笼——照旧（照舅），还是吃喝玩乐任用小人，更加昏庸了。

到了后来，一个非常重要的人物来到了曹国。谁呀？就是逃难在外的晋国公子重耳。晋国骊姬作乱，导致世子申生自杀。重耳为躲避灾难，跑出来了，四处流浪，在齐国住了一段时间之后，就来到了曹国。到了曹国的都城陶丘（今山东省菏泽市定陶区）。重耳是一位流亡公子，无权无势，所以曹共公对他不很重视，就把他安排在一般的宾馆住下，也没有什么特殊的礼节来待他。

但是这个时候，有人告诉了曹共公一件奇事。什么奇事？

"国君，您听说了没？这个重耳可与众不同。"

"哦？他有什么与众不同的？"

"这个人据说是骈胁。"

什么是骈胁呀？说白了，就是肋条长在一起板肋。你看，咱们的肋条骨是一根一根的，据说重耳人家的肋骨不是一根一根的，是整个平板连在一起的，跟那变形金刚差不多。有这种人吗？这不是据说嘛。

曹共公这个人多爱玩儿，一听："啊？世间还有人长得肋骨连在一起的？这到底是肋骨，还是搓衣板呀？"

"您甭管是什么，人家就长得那么奇怪。"

"真的假的？"

"那哪儿知道？咱也没看过。"

"这么着，我跟这重耳公子商量商量，能不能让他脱光衣服让我看一看啊？"

"啊？"这些人一听，"我的国君哪，那怎么可以呀？那多跌份哪，多失礼呀。"

"可也是。但，你们这么一说，勾起我的好奇心了。我老想看看，怎么办呢？"

"国君，我给您出个主意吧。咱们平常看不见，他拿衣服裹着呢。但他总有脱衣服的时候。什么时候脱衣服呢？在他洗澡的时候。等他洗澡的时候，你偷偷地看一眼，那是不是骈胁不就一清二楚了吗？"

"嗯嗯！好主意！好主意！"

你说这是什么馊主意！那么一国之君偷看人洗澡？也不怕人笑话。但曹共公就是这么奇葩，他还真趁着人家重耳洗澡的时候，偷偷地观看去了。结果看了半天，也没看太清楚，离得太远，里面雾气腾腾的。哎呀，到底是不是连在一起的？不行，这偷看看不清楚，干脆我进去吧！好家伙，他直接进去了。

人家重耳光着身子，正坐在木桶里洗澡呢，一看："哎，国君，你怎么进来了？"

"不要怕，不要怕，哈哈……"就这么凑过来，"重耳公子，我听说您的肋骨是并排的，我想看看。最好让我再摸摸是不是……"

"啊？"这下子，重耳公子勃然大怒。这简直太无理，太侮辱人了！气得重耳"噌"的一下子，也不顾光着身子了，"噔噔噔"跑了。然后他立刻就离开了曹国，并且发誓："这次侮辱不报，我誓不为人！你等着。"

公元前636年，晋公子重耳在秦穆公的帮助下返回晋国，夺取了政权，史称晋文公。人家当了一国国君了，对这个洗澡被偷看之辱一直没有忘。过了四年，晋文公亲率大军攻打曹国，声讨曹共公以前无礼的行为，打了一个多月。那曹国才多大呀，最后晋军攻破了曹国国都，就把这位偷看人洗澡的曹共公给抓住了。

晋文公让人把曹共公押到面前，指着鼻子骂："你听过民间流传的那首《候人》诗吗？你把三百多个碌碌无为的家伙封为大夫，能够治理好这个国家吗？你把忠良之臣抛在旁边，你还像个国君的样子吗？"

曹共公被晋文公骂得哑口无言，浑身发颤，满头冒汗。这时，才想起了二十多年前，在京城里广为流传的《候人》诗篇。他感到无限悔恨，但是为时已晚。

【经典原文】

曹风·候人

彼候人^①兮，何^②戈与祋^③。

彼其之子^④，三百^⑤赤芾^⑥。

维鹈^⑦在梁^⑧，不濡^⑨其翼。

彼其之子，不称^⑩其服^⑪。

维鹈在梁，不濡其咮^⑫。

彼其之子，不遂^⑬其媾^⑭。

荟兮蔚兮^⑮，南山^⑯朝隮^⑰。

婉兮娈兮^⑱，季女^⑲斯饥^⑳。

【字词注释】

① 候人：官名，是看守边境、迎送宾客和治理道路、掌管禁令的小官。

② 何：通"荷"，扛。

③ 祋（duì）：武器，殳的一种，竹制，长一丈二尺，有棱而无刃。

④ 彼其之子：那些人。

⑤ 三百：言其多，非实数。可以指人数，即穿芾的有多人；也

【经典原文】

曹风·候人

彼候人[1]兮，何[2]戈与祋[3]。

彼其之子[4]，三百[5]赤芾[6]。

维鹈[7]在梁[8]，不濡[9]其翼。

彼其之子，不称[10]其服[11]。

维鹈在梁，不濡其咮[12]。

彼其之子，不遂[13]其媾[14]。

荟兮蔚兮[15]，南山[16]朝隮[17]。

婉兮娈兮[18]，季女[19]斯饥[20]。

【字词注释】

① 候人：官名，是看守边境、迎送宾客和治理道路、掌管禁令的小官。

② 何：通"荷"，扛。

③ 祋（duì）：武器，殳的一种，竹制，长一丈二尺，有棱而无刃。

④ 彼其之子：那些人。

⑤ 三百：言其多，非实数。可以指人数，即穿芾的有多人；也

可指带的件数，即有多件带。

⑥ 赤芾（fú）：红色的芾。芾，祭祀服饰，即用革制的蔽膝，上窄下宽，上端固定在腰部衣上，按官品不同而有不同的颜色。赤芾乘轩是大夫以上官爵的待遇。

⑦ 鹈（tí）。即鹈鹕，水禽，体型较大，喙下有囊，食鱼为生。

⑧ 梁：伸向水中用于捕鱼的堤坝，即鱼坝。

⑨ 濡（rú）：沾湿。

⑩ 称：相称，相配。

⑪ 服：官服。

⑫ 咮（zhòu）：鸟喙。

⑬ 遂：成全、成就。

⑭ 媾：马瑞辰《毛诗传笺通释》："媾，盖韝之假借。《说文》：'韝，臂衣也。'郑注：'遂射韝也。'以朱韦为之，着左臂所以遂弦也。佩韝而不能射御，是谓不遂其媾。"一说婚姻。

⑮ 荟、蔚：都是聚集之意。这里指五彩云兴起的样子。

⑯ 南山：曹国山名。

⑰ 隮（jī）：同"跻"，升，登。一说虹。

⑱ 婉、娈：美好的样子。

⑲ 季女：少女。

⑳ 斯：这么。

侯人迎宾送客，肩扛殳棍长戈。
再看那些小人，三百冠带在服。

鹈鹕停在鱼梁，水没打湿翅膀。
再看那些小人，不配身穿朝装。

鹈鹕停在鱼梁，水没打湿鸟喙。
再看那些小人，带韠他们哪配。

云蒸雾罩浓密，南山早上云起。
美丽俊小可爱，少女怀春如饥。

26

三良殉葬

彼苍者天，歼我良人。如可赎兮，人百其身！

殉葬是一种古老的习俗，早在原始社会人们就习惯把随身所用的工具、物品，或者是死者生前所喜欢的用品跟死者埋葬在一起，那意思能够陪伴死者到另外一个世界。到了奴隶社会，这殉葬之风愈演愈烈。因为奴隶社会是第一个阶级社会，过去那种原始社会大家共同劳动、共同分享劳动所得的社会关系解体了，随着私有制产生，社会上就出现了剥削阶级和被剥削阶级，这剥削阶级是奴隶主，被剥削阶级就是奴隶。奴隶在当时没有人权，甚至说连那牛马的地位都不如，就是奴隶主的私有财产，可以自由买卖，奴隶主可以强迫奴隶工作，劳动力都得是以奴隶为主，说是不是给这奴隶主干活了，奴隶主就得发工资呀？什么报酬都没有！连人身自由都没有！所以这个社会叫奴隶社会。

在我国，夏朝是奴隶社会形成时期，到了商朝，那就是奴隶社会的发展时期，奴隶制的政治制度、国家机器进一步完善，也出现了残酷的刑罚和活人殉葬。怎么叫活人殉葬？奴隶主死了，他生前喜欢的人（如他喜欢的妻妾、奴隶）都得给他殉葬，一律杀死跟他一起埋在坟中，就算陪伴他到那个世界去了，这就叫活人殉葬，可以说非常惨无人道。到了西周，那是奴隶社会的繁荣时期，奴隶社会的各种制度日趋完善，井田制、分封制都在西周达到完善。到了春秋时代，奴隶社会就发展到了瓦解时期了，逐渐被封建社会替代，可以说春秋时期是转型期。既然是转型期，奴隶社会出现的一些制度仍然在这个时代盛行，尤其是春秋中期以前，活人殉葬的现象比比皆是。就拿秦穆公来说，那就是一位享用了活人殉葬的君主。

秦穆公在位三十九年，可以说是秦国一位非常有作为、雄才大略的君主。在他的治理下，秦朝的经济和军事实力日渐强大，成为西部边陲地区最为强大的诸侯国。也正是秦穆公奠定了秦国未来能够一统天下的坚定基础。秦穆公年轻的时候，知人善用，任用了很多的贤能之士，比如百里奚、蹇叔、由余、孟明视、公孙支等。正是在这一帮文武贤才的辅佐下，秦国攻灭了邻近的十二个小国，才能够称霸西方。

到了秦穆公晚年的时候，百里奚、蹇叔这样的贤臣相继过世，孟明视就向秦穆公推荐了大夫子车氏的三个儿子——奄息、仲行、鍼虎，就说这三个人才能出众、文武双全，是难得的人才，您应该重用。秦穆公一听有大才，非常高兴，就命孟明视：

"把他们三个人带来，寡人要看看。"这么一看，确实三个小伙子不但学识渊博，而且精于治国之道，对兵书战策也十分精通，还可以领兵打仗，文武双全。秦穆公非常高兴，马上就把三人封为大夫。这三个人也感念秦穆公的知遇之恩，尽心尽力辅佐秦穆公，多次为秦国立下汗马功劳。秦国的百姓对这兄弟也身怀敬意，赞美他们是秦国的"三良"，就是三个优良的人才。秦穆公一看这仨小伙子对秦国有功，又深得民心，更加宠爱了，经常把他们召进宫中，询问国政，虚心请教、倾心交谈。三个兄弟也对秦穆公尽心尽力，提出很多的富国强兵之策，秦穆公对他们也是言听计从，君臣关系十分融洽。

有一次，秦穆公特意在宫内设宴，专门请三兄弟来此赴会、喝酒、聊天。酒过三巡、菜过五味，君臣之间这酒都喝得差不多了，秦穆公就有些醉意了。他端着酒杯看看自己花白的胡须，再看看这三位小伙子正是年富力强的时候，秦穆公长叹一声。

子车氏三良一看，"君上您何故叹息？"

"寡人与卿等情投意合，在此饮酒没有任何拘束，真是人生一大快事。可惜，我老了，时候不多了。但愿我们能够生共此乐、死共此哀。"什么意思？就是说咱最好能够活着的时候一起享乐，死的时候一起享受大家对我们的哀悼。那怎么能够一起享受大家对我们的哀悼？言下之意就是不求同年同月同日生，但求同年同月同日死，咱死在一块去，那不就是能够共哀了吗？

三兄弟一听，当时深受感动，可以说是受宠若惊。君上能够说出来希望跟我们一起死，这是无上光荣！有人说了？这有什么好光荣的呀，一起死有什么好玩的？我们要明白，在当时那个年代，君和臣是不平等。当君主的多尊贵啊。当臣子的、当老百姓的不算什么，一条君主的命，一百条老百姓的命都不换，那是个阶级社会，跟咱们现在不一样，咱们现在都知道了人人平等，生命都须要一视对待、同样的尊重，那时候不一样。君主一说希望能够跟你们一起死，无上光荣！子车三兄弟听了穆公这样的话，赶紧离席叩首，还得谢恩："我等兄弟蒙君上厚爱，无以为报，一定生死相从！"这几句话说的，也不知道是发自内心、真心实意的，也不知道只是敷衍一下，就如同对一个对自己有恩的人，我们经常会说："您对我的恩情天高地厚，您要是想让我办什么事，只管开口，赴汤蹈火在所不辞！"这就是一个场面话、客气话，还真能够赴汤蹈火去？所以，有可能，三个兄弟对秦穆公的话就是一个客气话，随口这么答应的。

但没想到，秦穆公还真听进去了，哎呀！这仨年轻人对我真好！我死了，你们也想死，太好了！既然这样，就要实现你们的愿望！公元前621年，秦穆公得了重病了，临死之前，他为自己身后事做了安排，就对世子嬴罃说："为父不行了，估计不久于人世了。但是，我不甘心死后寂寞。凡是生前侍奉我的人，都要给我殉葬。尤其是子车三兄弟，一定得给你父亲殉葬。"

世子嬴罃一听，"不对呀，父亲。要说那些服侍过您的人，您把他们给殉葬了，情有可原。可这子车三兄弟，人家是大臣，他们不应该在殉葬之列啊。"

"你有所不知。想当年我们四个一起喝酒，他们亲口向寡人承诺，愿意和寡人生死相从。所以，一定要让他们履行自己的诺言！"说完之后，秦穆公就死了。世子嬴罃继位，这就是历史上的秦康公。

秦康公按照父亲的遗嘱，就要求子车氏三兄弟兑现所谓的生死相从的诺言。这子车三兄弟也不知道是愚忠，也不知道是无奈，反正最终都表示愿意追随秦穆公于地下。于是，子车三兄弟都自杀了，给这秦穆公殉葬了。

据史书记载，秦穆公下葬的时候，殉葬者除了子车氏三兄弟之外，还有生前侍奉过他的那些嫔妃、仆从，一共一百七十七人。这是《左传》上明文记录的，这也是见诸春秋史书的最大一次人殉惨剧。

当时秦国的老百姓对于子车氏三兄弟的死是十分悲痛。为了表示对这三位贤臣深切的哀悼和怀念，也是为了表达对人殉这种没有人道的暴行的痛恨，就作了这么一首名为《黄鸟》的诗。这首诗作为对人殉制度的控诉，记载到了《诗经》中，流传至今。

秦风·黄鸟

交交黄鸟^①，止于棘^②。

谁从^③穆公^④？子车奄息^⑤。

维此奄息，百夫之特^⑥。

临其穴^⑦，惴惴^⑧其慄^⑨。

彼苍者天^⑩，歼^⑪我良人^⑫！

如可赎兮，人百其身^⑬！

交交黄鸟，止于桑^⑭。

谁从穆公？子车仲行。

维此仲行，百夫之防^⑮。

临其穴，惴惴其慄。

彼苍者天，歼我良人！

如可赎兮，人百其身！

交交黄鸟，止于楚^⑯。

谁从穆公？子车鍼虎。

维此针虎，百夫之御。

临其穴，惴惴其栗。

彼苍者天，歼我良人！

如可赎兮，人百其身！

【字词注释】

① 交交：鸟鸣声。一说飞而往来的样子。

② 止于棘：落在酸枣树上。止，停落。棘，酸枣树。落叶乔木，枝多刺，果小味酸。棘之言"急"，双关语。止于棘与下文止于桑、止于楚，都是意为止得其所，反喻三良从死，不得其死。

③ 从：从死，即殉葬。

④ 穆公：秦国国君秦穆公，姓嬴，名任好。

⑤ 子车奄息：子车，复姓。《史记》作子舆。奄息：字奄，名息。下文子车仲行、子车鍼虎同此，三人为秦国贤臣。

⑥ 特：杰出的人才。

⑦ 穴：墓穴。

⑧ 惴惴：恐惧的样子。

⑨ 慄：战栗、发抖。

⑩ 彼苍者天：悲哀至极的呼号之语，犹今语"老天爷哪"。

⑪ 歼：杀害。

⑫ 良人：好人。

⑬ 人百其身：犹言用一百人赎其一命。

⑭ 桑：桑树。桑之言"丧"，双关语。

⑮ 防：抵得上。郑玄笺："防，犹当也。言此一人当百夫。"

⑯ 楚：荆树。楚之言"痛楚"。亦为双关。

【参考译文】

交交黄鸟鸣声哀，酸枣树上停下来。
是谁殉葬从穆公？子车奄息命运乖。
子车奄息真英雄，百夫之中一俊才。
即便如此临墓穴，浑身战栗脸发白。
老天爷呀开开眼，怎把良人来坑害！
如若能赎他的命，愿以百人赴泉台。

交交黄鸟鸣声哀，桑树枝上歇下来。
是谁殉葬从穆公？子车仲行遭祸灾。
子车仲行真英雄，武艺超群一挡百。
即便如此临墓穴，浑身战栗脸发白。
老天爷呀开开眼，怎把良人来坑害！
如若能赎他的命，愿以百人遭活埋。

交交黄鸟鸣声哀，荆树枝上落下来。
是谁殉葬从穆公？子车鍼虎遭残害。
子车鍼虎好功夫，临阵勇猛一敌百。
即便如此临墓穴，浑身战栗脸发白。
老天爷呀开开眼，怎把良人来坑害！
如若能赎他的命，愿以百人将他代。

27

秦晋交恶

于嗟乎，不承权舆！

秦穆公死后，继任国君的是世子嬴罃，史称秦康公。秦康公是秦穆公和夫人穆姬（公子重耳的姐姐）所生之子，是晋文公的外甥。当年他送公子重耳回国，送行到渭阳，曾作诗《渭阳》。

要说起来，秦康公也够倒霉的，为什么？他父亲秦穆公是个很长寿的国君，在位时间也很久，将近四十年。也就是说秦康公光当世子就当了三十多年。

各位，在那个时代，世子可不好当。有人觉得世子多好，谁不想当啊，那是储君——未来的国君，现在国君的继承人、接班人，大家都抢着当，怎么还不好当？对了，抢着当是抢着当，但是真的当上了，才发现这活儿不好干。首先你得有才，你得能表现，你得做出一个有才的样子给你父亲看看吧。你不能一天到晚显得懦弱、萎缩，没个有才的样，那你父亲能喜欢你吗？我能把国君之位传给你这模样的人吗？你都没长一个国君脸！等你当了国君怎么治理天下？所以当太子的得表现出来自己比较聪明、比较机智，有国君的风范这才行。但问题是你现在还不是国君，你还不能表现得过于突出。表现得太嚣张？我的才华比我爹的才华还厉害，成天身边一帮子大臣围着我转，天下老百姓都说我好，那哪行？你至当今国君于何地？你把你老爹的风头全抢了。国君会怎么想？"你想干什么？你是不是想把我早早赶下台，你当国君，你是不是有这个野心？"容易遭到老国君的忌恨。所以做太子绝对是个技术活，不能太弱，不能太强，不能太蔫儿，不能太刚，不能太傻，也不能太嚣张，不能天天装，也不能不会装。你想想这太子他累不累？天天是小心翼翼，每一个决策，每一个行动都得考虑半天。让谁当太子，当久了都得神经衰弱。何况这位嬴罃一当当了三十多年，简直被压抑得都抑郁了。

好容易把自己的父亲耗死了，嬴罃当了国君了，一下子爆发了，再也没人管我了，我得好好发泄发泄！怎么发泄？管一档子闲事。管什么闲事？原来秦穆公死后不久，晋国的国君晋襄公也死了。晋襄公就是晋文公重耳的儿子。他死之后，得有人继承晋国的君位啊。这本来是人家晋国的内政，但是晋国和秦国好，有那句话"秦晋之好"嘛，一直两个国不断地通婚，而且两国是邻国。秦康公就想：如果我能够扶植一个跟自己关系比较好的这么一个人当晋国的国君。那这么一来，他当了国君，我们秦国也能够获利了。那有跟自己关系好的人选吗？有啊。晋国有个公子叫公子雍，现在在秦国！这个公子雍是晋文公的庶子，也就是说是晋襄公的弟弟。现在晋襄公死了，晋襄公的孩子太小，国赖长君，父死子继不太理想，如果换成兄终弟继这多好。他就打算扶植公子雍为晋国国君。就派使者到晋国，跟晋国的权臣赵盾商量：我们打算扶持公子雍为国君，你们意下如何？

这赵盾是晋国的权臣，晋国的执政大臣，他对秦康公这个提议表示赞同。确实我们老国君的儿子太子夷皋太小了，没办法管理国家，国赖长君，请这公子雍来当国君，再好不过。

秦康公大喜，就赶紧派兵护送公子雍回晋国，准备当国君。这不挺好吗？出现变化了。怎么回事？你想立公子雍当国君就立了？你想说兄终弟继就兄终弟继了？没那个！历来都是父死子继。兄终弟继那是父亲没有儿子，没办法了才能那样干。"我们老国君有儿子！"

这个时候，太子夷皋的母亲跳出来了："先君有遗嘱，必须立太子夷皋为君！"

那相国赵盾没办法，这是人家公室的事，只好立夷皋为君，这就是历史上的晋灵公。

这么一下子，就等于当头泼了秦康公一瓢凉水。没你们晋国这么干事的，你们本来答应了，怎么又反悔了？

反悔呀？反悔就好了。这赵盾也不知道怎么琢磨的，把眼一瞪，"我们现在已经立了新君了。这么一来，你送过来的公子雍就是我们晋国的敌人！揍他！"结果，赵盾就在山西令狐地区把这个公子雍以及护送他过来的秦国军队揍了一顿，这就是历史上的令狐之役。

这下子，把秦康公给气的。有你这么办事的吗？你背信弃义在先，蛮横无理在后，你简直是可忍孰不可忍！既然你打我秦国，我秦兵可不是好惹的，揍他！

这秦康公脑袋一热，就不断地发兵攻打晋国。基本上他当政这些年，每一年要打一次。你打赢了也行啊。可人家晋国在赵盾治理之下，晋军战斗力非常强。所以每一次这秦国都是吃败仗归来。

一直到公元前 615 年，秦康公又一次发兵攻打晋国。这一次秦国做的准备比较充足，秦国士兵士气高涨，可以说是初战告捷。但不幸的是，人家晋国很快就反扑了，在河曲一役，把这秦国又给打败了。这仗之后，秦国是元气大伤，在接下来的秦康公当政的日子里，就再也没有发动大规模的军队攻打晋国。

连年败仗，把秦康公的锐气和雄心也给打得差不多了。一看打不赢晋国，我这年岁也不小了，还能活几年？还不如享乐人生呢！他干脆把宫门一关，就在里头是吃喝玩乐、大肆挥霍，享乐起来了。

他为了自己享乐，为了观赏风景，就修建了一座高台。这座高台那真高，就为了修它，花了三年的时间，动用了很多的财力、民力。得征召很多老百姓给他修建高台啊，你说秦国老百姓招谁惹谁了？在你这个国君统治之下，头几年连年征战，连年跟晋国打。这好容易不打了，你又大兴土木、劳民伤财。使得大片田地没人耕种，秦国国力是逐渐下降。甚至连很多原本殷实的小贵族这两年给耗的，生活也是举步维艰。于是就有个贵族作了一首《权舆》诗。这首诗写得挺有意思，没有直接指天骂地地咒骂国君，就是简单的对比了一下自己的前后生活：你看，想当年我怎么吃饭的？满满的一大碗一大碗的吃。现在，吃都吃不饱了！

秦康公统治秦国十二年，这十二年间秦国非但没有进步，反倒是因为秦康公穷兵黩武、大肆挥霍，导致国力衰退，日渐衰微，老百姓也是怨声载道。

秦风·权舆

於^①我乎，夏屋^②渠渠^③，今也每食无余。

于嗟^④乎，不承^⑤权舆^⑥！

於我乎，每食四簋^⑦，今也每食不饱。

于嗟乎，不承权舆！

【字词注释】

①於（wū）：同"呜"。叹词。

②夏屋：古时一种食器。青铜制或漆制，形状像屋。夏，大；
 屋，通"握"，《尔雅》："握，具也。"

③渠渠：丰盛。《广雅》："渠渠，盛也。"

④于嗟：哀叹声。于借为吁。

⑤承：继。

⑥权舆：本指草木初发，引申为起始、初时。

⑦簋（guǐ）：古代青铜或陶制圆形食器。毛传："四簋，黍稷稻
 粱。"朱熹《诗集传》："四簋，礼食之盛也。"

【参考译文】

唉呀，我呦！过去顿顿大碗满满，

如今每顿不留剩饭。

可悲啊可叹！现在远远不如从前！

唉呀，我呦！过去顿顿四个大盘，

如此挨饿吃不饱饭。

可悲啊可怜！现在远远不如从前！

28

申包胥哭秦庭

岂曰无衣？与子同袍。

春秋时期，楚国有一对朋友，一个叫伍子胥，一个叫申包胥，两人关系莫逆。但是，突然间有一天，伍家遭变故了。当时楚国国君是楚平王，楚平王昏庸无道，听信奸臣的佞言，把伍子胥的父亲楚国太傅伍奢连同伍奢的大儿子伍尚都给杀了，伍子胥也成了通缉对象。

伍子胥怀着为父兄报仇的愿望，仓皇逃出楚国，结果在逃亡途中遇到了出使外国正返国的好朋友申包胥。伍子胥掉着眼泪把自己家蒙冤受屈、满门抄斩的经过向好朋友申包胥诉说一遍，指天发誓："我不杀弃疾，誓不为人！"弃疾是谁？弃疾就是楚平王，因为楚平王的平是谥号，这人死了才叫他楚平王，那活着的时候没人知道他叫楚平王。

申包胥听完一皱眉说："子胥，我为你家遭受如此大灾深表同情。你现在打算去哪儿？"

伍子胥说："我准备去吴国。吴国是大国，跟楚国历来不和，我到吴国去，向吴王借兵杀回楚国，一定把国君弃疾抓住宰了，碎尸万段！为我父兄报仇！"

申包胥一听，这眉头皱得更厉害了，说："子胥，我说了，我对你家遭受大难深表同情。但是，我是楚国人。我如果现在怂恿你报仇，这就是对国家不忠。但如果我阻止你报仇，又会使你陷于不孝。这么着，你走吧，咱们是好朋友，我绝对不会和任何人说起我曾经遇到过你。不过，如果你有一天真的要灭掉楚国，那对不起，我是楚民，我也一定能复兴楚国！"

伍子胥现在其他的话都听不进去了，朝着申包胥拱拱手，两个人洒泪分别。

后来，伍子胥果真逃到了吴国，向吴王僚借兵，这吴王僚不借给他，伍子胥怀恨在心。正巧吴公子光想要刺杀吴王僚夺位，于是就和伍子胥结成联盟。伍子胥把一个叫专诸的刺客推荐给公子光。后来公子光派专诸刺杀了吴王僚，自己登基坐殿成了吴王，这就是著名的吴王阖闾。

阖闾登基后，自然重用伍子胥，借兵给他讨伐楚国复仇。那伍子胥多厉害，军事家，几年后果真就把楚国国都郢给打下来了。进了郢就找楚平王，但那么一打听，楚平王早已死了。死了也不能放过他！伍子胥恨这楚平王牙长四尺，就把楚平王的坟墓给掘了，把尸体扒出来，拿着钢鞭，对着楚平王的尸体，鞭尸三百，他这算是为父兄报了仇了。

那现在楚国的国君是谁？楚平王的儿子叫楚昭王。国都失陷了，楚昭王狼狈地逃到随国避难。伍子胥不依不饶，又发兵追到了随国，一声令下："给我包围！""哗"的一下子，大军把随国包围了，发誓要杀掉楚昭王，灭掉楚国。

其实这个时候，申包胥已经不在朝堂之中了，自从吴军攻破郢都后，就隐居于夷陵石鼻山。听说这个消息之后，申包胥无比痛心：伍子胥呀伍子胥，你报了仇就行了，为什么非要灭掉楚国？你做得太过分了！我当年说过，你要灭掉楚国的话，我一定会复兴楚国的。

那怎么阻止伍子胥？楚国现在的兵根本挡不住。申包胥心说话：我也去借兵去！到哪借兵？我去秦国借兵。为什么上秦国？因为秦楚两国有亲戚关系，敢情这位楚昭王是秦哀公的外甥。要拯救楚国，只有去向秦哀公求助，于是申包胥立刻就出山了。风餐露宿、日夜兼程，赶到了秦国，向秦哀公求助。

但是，秦国一听楚国遇难了，活该！怎么？楚国那么大，对我秦国是个祸害、是个威胁。现在好，跟吴国打得你死我活，这叫鹬蚌相争，我乐得渔翁得利。我管他干吗？当然了，他嘴上说得挺可怜的："申公你看看，我秦国地处西部边陲，兵力微弱，哪有能力出兵去救援楚国？我看你别在我秦国浪费时间了，赶紧去其他国家——晋国了、齐国了……像这些国家，你问问去，兴许他们能派兵。"

申包胥一听，你跟楚国是亲戚都不派兵，他们跟楚国又没有关系，他们哪能会派兵？申包胥是再三请求。但是，秦哀公把脑袋摇晃得跟拨浪鼓似的：我们没有兵。就是不派兵！最后秦哀公一看这申包胥叨唠叨唠，叨唠得自己脑仁儿都疼，就把大袖一拂："退朝！"我不听你瞎哼哼了，一甩袖子退朝了，满朝文武都走了，就把申包胥晾在了秦庭。

申包胥现在叫天天不应、叫地地不语，他干脆在秦庭这里，双手一搂就抱了根大柱子，是放声痛哭！昼夜号哭，也不吃也不喝，就一连在这里哭了七天七夜。最后连眼泪也哭不出来了，都不分泌了。你想想不喝水哪来的眼泪？眼中甚至都哭出血来了。他就倚在秦朝的庭柱上悲哀地唱歌。唱什么歌？就把他们楚国的遭遇编成了歌曲唱，说吴国的军队不讲道义，你以为他们就针对我们楚国吗？其实他们志不在楚，他要吞并天下！天下诸侯要一个一个被他们全吃了，先从我们楚国开始。现在我的君主也不知道躲哪里去了，我这才来向你们告急、向你们求救。难道你们秦国就这么无动于衷吗？哭急了拿脑袋往柱子上撞。

有人把情况报告了秦哀公。秦哀公一听，好家伙！哭了七天七夜了，还哭呢。看来申包胥真忠臣也！你看看楚国的臣子为他们的君主着这么大的急，楚国有这么样的贤臣忠臣，这吴国还想灭亡它。放眼看看我秦国，连这样的贤臣都没有，吴国怎么会相容？这吴国要把楚国灭了，估摸着下一个就该打我秦国了。我要支援楚国！他被这申包胥给哭明白了，也算是感动了吧。这秦哀公流着眼泪，吟诵了一首叫《无衣》的诗，来赞扬申包胥。这首诗的大意是：谁说你没有衣裳？我与你穿的是同样的战袍。我马上修好武器刀戈、枪戟盔甲，跟着你一起去报仇，一起去杀敌。

申包胥闻听，叩头称谢，眼睛一翻，昏死过去了。你想想七天七夜不吃不喝，能不昏死吗？赶紧抢救吧。抢救过来，这才开始进食。

这边秦哀公立即派大将子蒲、子虎率领五百乘战车，跟着申包胥前去救楚。他们很快打败了吴兵，把楚昭王救回国都，复兴了楚国。

国风·秦风·无衣

岂曰无衣？与子同袍①。

王于②兴师，修③我戈矛。

与子同仇④！

岂曰无衣？与子同泽⑤。

王于兴师，修我矛戟。

与子偕作⑥！

岂曰无衣？与子同裳⑦。

王于兴师，修我甲兵⑧。

与子偕行⑨！

【字词注释】

① 袍：长袍、长衣。

② 于：语助词。

③ 修：修整。

④ 同仇：共同对敌。

⑤ 泽：通"襗"，内衣，如今之汗衫。

⑥ 偕作：共同做。

⑦ 裳：下衣，此指战裙。

⑧ 甲兵：铠甲与兵器。

⑨ 偕行：同往。

【参考译文】

谁说没有军衣？与你同穿战袍。

君王发兵作战，备好咱的戈矛，

同杀咱的目标。

谁说没有军衣？与你同穿内衣。

君王发兵作战，备好咱的矛戟，

行动与你一起。

谁说没有军衣？与你同穿下裳。

君王发兵作战，备好盔甲刀枪，

与你同赴战场。

29

殷商三王

天命玄鸟，降而生商。

　　"颂"是用来祭祀先祖的，那么《商颂》就是商朝的后裔用来祭祀先祖的。《诗经》是西周初年产生的，那个时候商朝已经被周朝给推翻了。周武王建立周朝之后，就把商朝的王室后裔也就是商朝的贵族们封到了宋地，建立了宋国。那么，《诗经》中的《商颂》就是当时宋国流传的祭祀殷商祖先的作品。《商颂》共有五首，其中最著名的就是《玄鸟》这首。这首诗可以说是商民族的民族史诗，在这诗里记载了殷商民族的起源和发展，重点歌颂了殷商民族最伟大的三位先祖，也就是创始者契、创国者商汤、兴国者武丁这三位祖先。

　　这商民族是怎么来的呢？这就得上溯到上古时期了。我们知道，上古华夏族有一个共主就是轩辕黄帝。轩辕黄帝的孙子叫颛顼，那也是天下共主。等到颛顼亡故之后，继承他的共主之位的是颛顼的侄子帝喾。传说帝喾一共有四位夫人，元妃就是大夫人叫姜嫄，给帝喾生下一个儿子叫弃，又称之为后稷，这就是周朝的祖先；他的三妃就是三夫人叫庆都，给他生下一儿子，起名放勋，这就是尧帝；四妃常仪给他生下个儿子叫挚，首先继承帝喾天下共主之位的就是这位挚，后来这挚管理不了天下，又把共主的位置让给了放勋尧帝。

帝喾的次妃，也就是二夫人叫简狄。传说有一次，简狄跟一帮女伴去河边洗澡。正洗着，突然间飞来一只玄鸟。什么叫玄鸟？玄者黑也，就是一只黑鸟，有人就认为就是一只燕子，正好飞到这里就下了一只漂亮的鸟蛋，然后飞走了。简狄一看，这不错，捡起来这枚鸟蛋就给吃了。结果，据说吃完鸟蛋之后，简狄就怀孕了，后来生下一个男孩子取名叫契，这就是殷商的祖先。

有人可能说了：您在说上古神话吧，有吃了鸟蛋就怀孕的吗，这不是神话吗？各位，我们一定要重视神话。因为在上古年间，人们没办法用文字记录，很多的历史都是靠口述的。口述多了，慢慢地就传神了，就成了神话了。也就是说我们不要忽视神话中的那些历史元素。那从这段神话当中，我们能够看到或者分析到什么历史元素呢？有人就认为这个玄鸟弄不巧就是商民族的图腾，这个民族就崇拜玄鸟。所以，就产生了这么一个神话。

契长大之后非常能干。当时统治天下的共主是舜帝。舜帝在位的时候，天下大发洪水。舜帝就任命大禹为水正，来治理水患。契就做了大禹的助手，帮助大禹一起治理了水患，立了大功。水患平息之后，契被舜任命为司徒，负责教化百姓，并且被封在了商地（今河南商丘），赐姓子姓，所以，商民族姓子。我们知道孔子吧，孔子的祖先就是商朝王室后裔，也就是说孔子的祖先就姓子。契就带着族人，在商地一代一代繁衍下去。

到了商民族第十四代领袖成汤的时候，正值夏朝的最后一任君主夏桀在位。夏桀是中国历史上有名的暴君，这个人倒行逆施，残害百姓，老百姓苦不堪言。但夏桀毫不在意，还自诩自己就是天上的太阳，太阳怎么会灭亡呢？可是老百姓说了："时日曷丧，予及汝皆亡！"什么意思呢？你这个太阳什么时候能毁灭？我们宁愿和你一起同归于尽！恨这夏桀恨成这个模样。

成汤恰恰相反，这个人非常仁爱，是个有道明君。天下诸侯、老百姓一看，成汤这个人太好了，纷纷背离夏桀，投靠成汤。成汤一看时机成熟，于是就率众伐桀，鸣条山一战大败夏军。成汤军队势如破竹，很快就推翻了夏朝，建立起了一个新王朝就是商朝。

商王的君位一代一代往下传，传了二十多代之后，整个王朝在经济上、军事上都在衰退，呈现出一副日薄西山的势态。幸亏这个时候传位到了商朝的第二十三位君王，姓子名昭，被称为武丁。武丁继位之后，面对王朝的颓势，大力改革、发展农耕，励精图治，要中兴商朝。他任命了很多贤士，其中最有名的一个叫傅说，他本来是一个泥瓦匠，却非常有才，被武丁发现委以重任。另外武丁还有一个能征惯战且非常美丽的王后叫妇好（古音

zǐ，同子姓），那也是武丁的贤内助，经常被武丁封为大将，替武丁领兵出征。当然了，武丁自己也经常领兵出征，攻伐了商朝周边一些不服从管理的小国，平定了外乱，比如西边的什么羌方、鬼方，北边的土方，东边的夷方，南边的巴方、荆楚，等等，全被武丁打服了。他就确立了统治区域。实际上武丁所确立的统治区域就是秦朝统一中国之前的核心版图。

像这么一个丰功伟绩的老祖先，殷商族人能不崇拜吗？所以《商颂·玄鸟》第四段基本上是赞美武丁这位英雄的祖先：战无不胜，攻无不克，开疆辟土，裂土封侯，以至于当时四海来假、四方来贺，天下归心。

商颂·玄鸟

天命玄鸟①，降而生商②，

宅③殷土芒芒④。

古帝⑤命武汤⑥，正⑦域⑧彼四方。

方⑨命厥⑩后⑪，奄有⑫九有⑬。

商之先后⑭，受命不殆⑮，

在武丁⑯孙子。

武丁孙子，武王⑰靡不胜⑱。

龙旂⑲十乘，大糦⑳是承㉑。

邦畿㉒千里，维民所止㉓，

肇㉔域彼四海。

四海来假㉕，来假祁祁㉖。

景㉗员维河。

殷受命咸宜，百禄是何㉘。

【字词注释】

① 玄鸟：黑色的燕子。

② 商：指商的始祖契。

③ 宅：居住。

④ 芒芒：同"茫茫"，广大的样子。

⑤ 古帝：天帝。

⑥ 武汤：即成汤，汤号曰武。

⑦ 正（zhēng）：同"征"。

⑧ 域：有。

⑨ 方：通"旁"。遍，普。

⑩ 厥：那些。

⑪ 后：上古称君主，此指各部落的酋长首领（诸侯）。

⑫ 奄有：拥有。

⑬ 九有：九州。传说禹划天下为九州。有，"域"的借字，疆域。

⑭ 先后：指先君，先王。

⑮ 殆：通"怠"，懈怠。

⑯ 武丁：即殷高宗，汤的后代。一说应作武王商汤，下句"武王"为"武丁"，系传抄使得上下互伪。

⑰ 武王：即武汤，成汤。

⑱ 靡不胜：无不胜任。

⑲ 旂（qí）：古时一种旗帜，上画龙形，竿头系铜铃。

⑳ 糦（xǐ）：同"饎"，酒食。宾语前置，"大糦"作"承"的前置宾语。

㉑ 承：奉献，供奉。

㉒ 邦畿：封畿，疆界。

㉓ 止：居住。

㉔ 肇：始。一说正。一说释"肇"为"兆"，兆域，即疆域。

㉕ 假（gé）：通"格"，到达。

㉖ 祁祁：众多的样子。

㉗ 景：景山，在今河南商丘，古称亳，为商之都城所在。一说景
通"京"，广大。

㉘ 何（hè）：通"荷"，承受，承担。

【参考译文】

天命玄鸟降神卵，简狄生契商祖先，
茫茫殷土居住地，上帝令汤管人间，
征伐天下安四边。

号令诸方众首领，一统九州定江山。
商朝先帝续香烟，不敢懈怠命承天，
孙子武丁真圣主，武丁中兴最称贤。
殷商祖业能承担。

龙旗大车有十乘，载满酒食来贡献。
国土疆域真广远，百姓居此得康安。
四海得治定江山。

四海诸侯来朝见，络绎不绝觐见繁。

京城景山黄河绕，殷受天命人称善，

承受百福万万年。

30

弃为后稷

厥初生民，时维姜嫄。

在《诗经》当中，有两首非常著名的民族史诗，一首就是《商颂·玄鸟》，那是讲述殷商民族起源的故事。另外一首就是讲述周民族起源的《大雅·生民》。这首《生民》比较长，咱们不方便从头到尾给它列出来，所以只是节选了一部分。要想整个了解《生民》的全貌，建议大家找本《诗经》，去看一看，最好是诵读一下这篇《生民》。

《大雅·生民》记录的就是周民族的祖先后稷的出生经过。我们已经介绍过了，三皇五帝之一的帝喾有四位妃子，生下的孩子都了不得：次妃所生的契是殷商民族的祖先，三妃庆都所生的放勋成为尧帝，四妃常仪所生的挚就直接继承了帝喾的共主之位。帝喾的元妃叫姜嫄，她就是周民族祖先后稷的母亲。

相传姜嫄和帝喾成亲之后，一直没有孩子。姜嫄能不着急吗？为此，她经常向天地、山神、万物的精灵祷告，祈求能得一子。

话说有一次，姜嫄又到野外设坛祷告去了。祷告完毕之后回宫，走着走着，突然间发现地上有一个大脚丫子印，就是巨大的足迹。这个脚印，好家伙，得有一人多长。一般人哪有那么大的脚？一般人的脚46或47码就够大的了，可这个脚丫印一米多长！这是谁踩的？那甭问，肯定不是一般的人，得是巨人所踩。姜嫄一看，我今天碰到了巨人脚印了，特别好奇啊，就拿自己的脚往这脚印上踩了一下。当然，《诗经》里头称之为"履帝武敏"。履就是踩，帝就是上帝、天帝，武就是痕迹，敏（通"拇"）指大脚趾。所以，《诗经》上说姜嫄踩的是天帝的大脚趾头印。反正甭管是大脚印，还是大脚趾头印，那都不是一般人能踩出来的。姜嫄今天遇到了，还拿脚踩了踩。这一踩了不得了，怎么？回去之后身怀有孕了。你看，这跟简狄吃了玄鸟蛋身怀有孕的传说差不多少吧？这都是神话传说。但，那还是那句话，神话传说里头往往蕴含着历史真相。现在一些学者就认为所谓的巨人脚印就是熊迹，熊踩的脚印。你想，那熊掌要比人的脚丫子大得多。后来传说成了巨人的脚印了。但踩熊迹也不至于怀孕啊？学者们认为，这个熊迹就跟周人有关系了，因为周人的图腾是熊。所以，"姜嫄踩了大脚印而怀孕"其实翻译过来就是说：姜嫄为了生孩子跑到野外去祭祀天帝去了，祭祀完了之后，踩了天帝的脚印，这么一来，感而受孕，这是天帝赐给的一个神孩子，这个神孩子就是我们周民族的祖先。你看看厉不厉害，我们的祖先那不是一般人，是神给的孩子。那就说明我们这个民族来历不一般。

这还不算神，姜嫄不是怀孕了嘛。十月怀胎，一朝分娩，等怀了十个月之后，这姜嫄没生下孩子来，生下来一个大肉球。可把姜嫄给吓坏了，这玩意儿是妖怪啊，哪有说人生个大肉球的呀！有人可能说了：我知道有一个人生下来也这样。谁呀？哪吒！对了，《封神演义》的作者许仲琳可能就是受到了后稷出生这个故事的影响，把哪吒出世也写成了生了一个肉球。这在《生民》里面也有记载，叫"先生如达"。对于这个事件那到底是神话还是史实，它可能不可能，人可能生下肉球来吗？现代有学者也进行过解释，认为仍有可能。这个"先生如达"的"达"字指的就是羊的胞胎。羊和人一样都是哺乳动物，在母体当中都依靠胎盘获得营养，都睡在胞衣之中，等到胎盘成长成熟之后，胞衣破裂，小羊就出生了，这是一般情况。但是有特殊的。有的羊生产的时候，就直接把胞衣一块生下来了，小羊出世之后，胞胎完备，就像一个肉球似的，小羊还得破胎而出，这种胞胎就叫"达"。那人类能不能出现这种情况？会不会人也把这胞衣一起生下来呢？我们不能够武断地说没有，因为每一个人都是个个体，我们要承认个体特殊性的存在。这种现象虽然少，但是也是可能发生的，在古书里头也有很多类似的记载。

但毕竟这属于不正常，姜嫄一看吓坏了，怎么生出一肉球来，是不是当时我祭祀天帝的时候，天帝对我的供品、对我的祈

祷词不满意了、生气了，这才让我生下这么一个怪物来？这怪物我不能留，这又不是孩子，我把它给扔了吧，于是姜嫄就把这个肉球给扔了。但是不好扔。怎么？扔了好多次他又回来了。这肉球怎么还会回来呢？你看，要么说是怪事儿呢。把他扔到巷子里头吧，结果牛羊看着他，都绕着走，不肯伤害他；扔到树林里去吧，又碰到了伐木头的樵夫，把他送回来了；扔到寒冰上，又被小鸟用翅膀呵护住，供他取暖。可能小鸟拿嘴这么一啄，把胞衣啄破了，这孩子从胞衣里面出来了，哇哇大哭，嗓门这个大呀，四周都能听见，于是又被人给抱来了。姜嫄一看这孩子，神奇呀！闹了半天这肉球里头是个孩子！而且这个孩子扔几次都大难不死，看来这不是一般的孩子，这是天帝赐给我的，我得好好抚养！于是姜嫄再也不扔孩子了，就好好抚养吧。这个孩子被自己丢弃过，所以就给这个孩子起个名字叫"弃"。可能有人问了：你刚才讲的叫"后稷"，怎么到这儿又成弃了呢？后稷是他后来的号，是被后人所熟知的名号。但弃才是他真正的名字。

弃这个孩子跟一般的孩子不同，从小就表现出特别强的农业天赋，你让他种东西，种啥啥活，种瓜得瓜，种豆得豆，别人种的东西成活率 50%，弃种东西成活率 99.99%，就那么厉害，打小就是个农业专家。弃慢慢长大，慢慢就掌握了很多农业的技术，还发明了很多农业新技术，指导大家伙进行农业作业，都取得了丰收。

当时的天下共主是舜。舜一看，弃这个孩子挺厉害，能种东西，对国家有功。于是，后来就把弃封在了邰（今陕西省武功县西南）。弃就在这个地方开始建立邦国、繁衍后代，同时也得到了后稷的封号。"稷"就是谷物，所以可以说他是个"谷神"。他就在这个地方带领人民培育很多的优良农作物，取得了一次又一次的丰收。后来他的子孙繁衍起来，一直到了周文王、周武王的时候，最终推翻了商纣王的暴政，然后就建立了大周王朝。

【经典原文】

大雅·生民（节选）

厥初①生民，时②维③姜嫄④。

生民如何？克⑤禋⑥克祀，

以弗⑦无子。

履帝武⑧敏⑨歆⑩，攸⑪介⑫攸止⑬，

载⑭震⑮载夙⑯。

载生载育，时维后稷。

诞⑰弥⑱厥月，先生⑲如⑳达㉑。

不拆㉒不副㉓，无菑㉔无害。

以赫㉕厥灵。上帝不宁，

不康㉖禋祀，居然生子。

诞寘㉗之隘巷，牛羊腓㉘字之㉙。

诞寘之平林㉚，会㉛伐平林。

诞寘之寒冰，鸟覆翼㉜之。

鸟乃去矣，后稷呱矣。

实㉝覃㉞实訏㉟，厥声载路。

诞实匍匐，克㊱岐㊲克嶷㊳。

以就^㊲口食。

荑^㊵之荏菽^㊶，荏菽旆旆^㊷。

禾役^㊸穟穟^㊹，麻麦幪幪^㊺，

瓜瓞^㊻唪唪^㊼。

......

【字词注释】

① 厥初：其初。厥，其，指周族。

② 时：是。

③ 维：助词。

④ 姜嫄：传说中有邰氏之女，帝喾的元妃，周始祖后稷之母。

⑤ 克：能。此处是实行之意。

⑥ 禋（yīn）：一种野祭。先烧柴升烟，再加牲体及玉帛于柴上焚烧，使烟气上冲于天。

⑦ 弗："被"的假借，除灾求福的祭祀，一种祭祀的典礼。一说"以弗无"是以避免没有之意。

⑧ 武：痕迹。

⑨ 敏：通"拇"，大拇趾。

⑩ 歆：心有所感的样子。一说欣喜。

⑪ 攸：语助词。

⑫ 介：通"祄"，神保佑。

⑬ 止：通"祉"，神降福。

⑭ 载：语助词。

⑮ 震：通"娠"，怀孕。一说胎动。

⑯ 夙：通"肃"，指胎儿渐渐成长。

⑰ 诞：发语词。

⑱ 弥：满。

⑲ 先生：头生，第一胎。

⑳ 如：而。一说像。

㉑ 达：滑利。一说羊的胞胎。马瑞辰《毛诗传笺通释》："《虞东学诗》云：'人之初生，皆裂胎而出，……唯羊连胞而下，其产独易，故《诗》以如达为比。'又常熟陶太常元淳曰：'……惟羊子之生，胞仍完具，堕地而后，母为破之，故其生易。后稷生时，盖藏于胞中，形体未露，有如羊子之生者，故言如达。'"

㉒ 坼（chè）：裂开。

㉓ 副（pì）：破裂。

㉔ 菑（zāi）：同"灾"。

㉕ 赫：显示。

㉖ 不康：不安。指不满意。

㉗ 寘（zhì）：弃置。

㉘ 腓（féi）：借为"庇"。庇护。

㉙ 字之：字，乳。字之，给他奶吃，哺育。

㉚ 平林：平原上的树林。

㉛ 会：恰好碰上，恰逢。

㉜ 覆翼：以翼遮盖保护。

㉝ 实：语助词。

㉞ 覃（tán）：长。

㉟ 訏（xū）：大。

㊱ 克：能。

㊲ 岐：有知。一说借为跂，踮脚。

㊳ 嶷：有识。一说借为仡，正立的样子。

㊴ 就：趋往。成。一说求。

㊵ 蓺（yì）：同"艺"，种植。

㊶ 荏菽：大豆。

㊷ 斾（pèi）斾：草术茂盛。

㊸ 役：借为"颖"，穗。

㊹ 穟（suí）穟：禾穗下垂的样子。

㊺ 幪（méng）幪：茂密的样子。

㊻ 瓞（dié）：小瓜。

㊼ 唪（běng）唪：果实累累的样子。

【参考译文】

当初谁生周人，姜嫄是他母亲。

周人如何出生？祭祀神灵诚恳，

祈除无子怨恨。踩了上帝脚印，

天赐大福来临。怀孕更加肃谨，
养育渐近临盆，就是后稷先君。

怀胎十月满盈，头胎像羊降生。
胞衣产门完整，无灾无害顺平，
如此显出异灵。害怕上帝不宁，
嫌我祭祀不诚？竟把怪胎产生？

把他弃至巷中，牛羊哺乳护命。
把他扔进林里，恰遇伐树木工。
又弃冰河之上，大鸟覆翼救营。
直到大鸟离去，后稷呱呱放声。
哭声又长又亮，贯满街巷路中。

后稷刚刚会爬，显出智慧聪明，
为了解决口食，开始种豆务农。
大豆丰茂茁壮，禾粟穗沉饱盈，
麻麦长势旺盛，瓜实果实满藤。
……

《诗经》名句